怪奇学園《かいきがくえん》①

四季小学校《しきしょうがっこう》と呪《のろ》いの大鏡《おおかがみ》

ウェルザード・作
ぴろ瀬《せ》・絵

アルファポリスきずな文庫

目次《もくじ》

登《とう》場《じょう》人《じん》物《ぶつ》紹《しょう》介《かい》
ヒナコ
春香《はるか》たちのクラスメイト。『呪《のろ》いの大鏡《おおかがみ》』について春夏秋冬班《しゅんかしゅうとうはん》に相談《そうだん》する。
SEASON
夏《なつ》野《の》太陽《たいよう》
元気《げんき》だけが取《と》り柄《え》のムードメーカー兼《けん》トラブルメーカー。
菜《な》花《ばな》春香《はるか》
気《き》が強《つよ》く大人《おとな》ぶっているが、とても怖《こわ》がり。
春夏秋冬《しゅんかしゅうとう》班《はん》

川《かわ》端《ばた》先《せん》生《せい》
春《はる》香《か》たちのクラスの担《たん》任《にん》。頼《たよ》りなくて生《せい》徒《と》からいじられている。
川端
雪《ゆき》丸《まる》冬《ふゆ》菜《な》
小《ちい》さくて可愛《かわい》い。愛《あい》されキャラで班《はん》の意《い》見《けん》のまとめ役《やく》。
秋《あき》本《もと》昴《すばる》
クラス一《いち》の秀《しゅう》才《さい》。実《じつ》は子供《こども》っぽい遊《あそ》びが大《だい》好《す》き。

第一章《だいいっしょう》　呪《のろ》いの大鏡《おおかがみ》

「ミサちゃんが殺《ころ》された？」

少《すこ》し寒《さむ》くなり始《はじ》めた秋《あき》の放課後《ほうかご》、クラスメイトのヒナコから相談《そうだん》を受《う》けていたのだけれど、私《わたし》は首《くび》を傾《かし》げることしか出来《でき》なかった。

「そう、そうなのよ。私《わたし》も信《しん》じられなかったんだけどさ、川端先生《かわばたせんせい》に！　昨日《きのう》の放課後《ほうかご》に！　三階倉庫《さんかいそうこ》で！」

その話《はなし》を聞《き》いて、元気《げんき》だけが取《と》り柄《え》のムードメーカーである夏野太陽《なつのたいよう》が不思議《ふしぎ》そうに口《くち》を開《ひら》いた。

「いや、ミサはいたじゃん。元気《げんき》ハツラツで普通《ふつう》に遊《あそ》んでたじゃん。あれは誰《だれ》だっていうんだ？　お前《まえ》、嘘《うそ》をつくならもっとマシな嘘《うそ》をつけよな？」

成
今週の予定
今日の予定
21 日
22 月 全校集会
1 国語 漢字テスト
算数 分数
SEASON

確《たし》かに太陽《たいよう》の言《い》う通《とお》り、ミサは放課後《ほうかご》まで普通《ふつう》に授業《じゅぎょう》を受《う》けて、普通《ふつう》に友達《ともだち》と遊《あそ》んでいた。

このヒナコの話《はなし》が本当《ほんとう》だととても信《しん》じられなかったのは、私《わたし》もミサが生《い》きているのを見《み》ていたからだ。

「嘘《うそ》じゃないの！『春夏秋冬班《しゅんかしゅうとうはん》』は、『呪《のろ》いの大鏡《おおかがみ》』の怪談《かいだん》を知《し》ってるでしょ？」

「春夏秋冬班《しゅんかしゅうとうはん》」とは私《わたし》たちのことだ。

クラスのムードメーカー兼《けん》トラブルメーカーの夏野太陽《なつのたいよう》。

難《むずか》しい顔《かお》で話《はなし》を聞《き》いている、クラス一《いち》の秀才《しゅうさい》だけど、子《こ》どもっぽい遊《あそ》びが大好《だいす》きな秋《あき》本昴《もとすばる》。

口調《くちょう》が大人《おとな》っぽく、身長《しんちょう》が低《ひく》くて可愛《かわい》い、みんなから愛《あい》されている、班《はん》の意見《いけん》のまとめ役《やく》の雪丸冬菜《ゆきまるふゆな》。

そして私《わたし》が班《はん》のリーダーである菜花春香《なばなはるか》。

友達《ともだち》の相談《そうだん》に乗《の》ってあげたいのはやまやまだけど、私《わたし》は怖《こわ》がりで、怪談《かいだん》なんて聞《き》きたくもないというのに、話《はなし》はどんどんおかしなほうに進《すす》んでいる。

「ええ、知《し》っていますよ。三階倉庫《さんかいそうこ》に置《お》かれている『呪《のろ》いの大鏡《おおかがみ》』。四時四十四分《よじよんじゅうよんふん》にその前《まえ》に立《た》つと、鏡《かがみ》の中《なか》から悪魔《あくま》が出《で》てきて、鏡《かがみ》の中《なか》に連《つ》れて行《い》かれるという話《はなし》ですね」

メガネを指《ゆび》でクイッと上《あ》げて、その怪談《かいだん》を知《し》っているのはさも当然《とうぜん》と言《い》わんばかりの笑《え》みを浮《う》かべたのは昴《すばる》だった。

いや、そんな嬉《うれ》しそうな顔《かお》をしないでよ。

私《わたし》は怪談《かいだん》なんて聞《き》きたくもないし、そんなの知《し》りたくもなかったのに。

三階倉庫《さんかいそうこ》は階段《かいだん》を挟《はさ》んで六年生《ろくねんせい》の教室側《きょうしつがわ》にある部屋《へや》。

聞《き》いてしまったから、その倉庫《そうこ》の前《まえ》を通《とお》るのが怖《こわ》くなってしまうじゃない。

「え、そ、そんな怪談《かいだん》があるの？　冬菜《ふゆな》、知《し》ってた？」

「うん。結構有名《けっこうゆうめい》な話《はなし》だよ。『図画工作室《ずがこうさくしつ》の笑《わら》う女《おんな》』とか、『子《こ》どもを食《た》べるボール』とかね。うちの学校《がっこう》には色《いろ》んな怪談《かいだん》があるから、その中《なか》の一《ひと》つだね」

そんな話《はなし》は嘘《うそ》だと言《い》ってほしかったのに、冬菜《ふゆな》までが知《し》っているとなると、恐《おそ》らく本当《ほんとう》にある怪談《かいだん》なのだろう。

出来《でき》れば知《し》りたくはなかったけれど、知《し》ってしまったからには今後《こんご》の学校生活《がっこうせいかつ》に支障《ししょう》が出《で》てしまいそうだ。

「それで、その『呪《のろ》いの大鏡《おおかがみ》』がどうしたんだ？　ん？　てか、ミサが殺《ころ》されたのがその三階倉庫《さんかいそうこ》で……『呪《のろ》いの大鏡《おおかがみ》』も三階倉庫《さんかいそうこ》にあるって偶然《ぐうぜん》か？　怪《あや》しいって俺《おれ》の勘《かん》が言《い》ってるぜ！」

そんなの、ここにいる誰《だれ》もが思《おも》ったはずだけど、あえて何《なに》も言《い》わないでヒナコの言葉《ことば》の続《つづ》きを待《ま》った。

「そう、まさにその『呪《のろ》いの大鏡《おおかがみ》』が本当《ほんとう》にあったの。その前《まえ》でミサが川端先生《かわばたせんせい》に殺《ころ》されて……それで……」

思《おも》い出《だ》すのが辛《つら》そうに、顔《かお》をしかめて話《はな》すヒナコを見《み》て、昴《すばる》は不思議《ふしぎ》そうに首《くび》を傾《かし》げた。

「わかりませんね。僕《ぼく》たちに相談《そうだん》して、何《なに》を求《もと》めてるのですか？　ミサさんが生《い》きているのを見《み》ました。ですがヒナコさんは死《し》んだと言《い》ってるんですよね？　僕《ぼく》たちに、ミサさんが死《し》んだという証拠《しょうこ》を探《さが》せということでしょうか？」

私《わたし》もヒナコが求《もと》めていることがわからない。

確《たし》かにミサは、今日《きょう》は普通《ふつう》に生活《せいかつ》していた。

それなのに本当《ほんとう》は死《し》んでいると決《き》めつけてその証拠《しょうこ》を集《あつ》めろというのならば無理《むり》な話《はなし》だ。

「やっぱり……無理《むり》かな？　ミサが死《し》んでいるのに、今日《きょう》は生《い》きていることが気持《きも》ち悪《わる》くて。証拠《しょうこ》がなかったらなかったでいいんだよ。だけどもし殺《ころ》された証拠《しょうこ》が見《み》つかったら……」

「もしそうなったら、川端先生《かわばたせんせい》が殺《ころ》したってことになっちゃうけど大丈夫《だいじょうぶ》？」

冬菜《ふゆな》の言葉《ことば》の意味《いみ》を考《かんが》えてみた。

もし川端先生《かわばたせんせい》が本当《ほんとう》に殺《ころ》したというのならば、私《わたし》たちは警察《けいさつ》に言《い》うか、黙《だま》っているかという選択《せんたく》を迫《せま》られるのだ。

「ヒナコさんも若干興奮気味《じゃっかんこうふんぎみ》のようなので、話《はなし》を整理《せいり》しましょうか。まず、ミサさんは今日《きょう》生《い》きていて、普通《ふつう》に学校生活《がっこうせいかつ》を送《おく》っていた。ですが本当《ほんとう》は昨日《きのう》、そこの三階倉庫《さんかいそうこ》の中《なか》で川端先生《かわばたせんせい》に殺《ころ》されたということですね。死《し》んでいるはずなのに、生《い》きているのが気持《きも》ち悪《わる》くて、一体《いったい》どっちなのか調《しら》べてほしい……と」

「そうそれ！　さすが昴《すばる》くん、言《い》いたいことをスッキリまとめてくれた！　だからお願《ねが》い！　私《わたし》だけじゃ『呪《のろ》いの大鏡《おおかがみ》』がある部屋《へや》なんて怖《こわ》くて一人《ひとり》で調《しら》べられないんだよ！」

昴《すばる》がまとめると、ヒナコは今《いま》にも泣《な》き出《だ》しそうな表情《ひょうじょう》で懇願《こんがん》する。

確《たし》かに、それを目撃《もくげき》してしまったなら、死《し》んだと思《おも》っていた友達《ともだち》が生《い》きているのは怖《こわ》いという気持《きも》ちはわかる。

私《わたし》だってそんなのを見《み》てしまったら、誰《だれ》かに相談《そうだん》するかもしれない。

友達《ともだち》だと思《おも》っている人《ひと》が、実《じつ》は友達《ともだち》ではないナニカだったら、学校《がっこう》に来《く》るのも怖《こわ》い。

想像《そうぞう》しただけで身震《みぶる》いをしてしまうのだから、嘘《うそ》か本当《ほんとう》かはわからないけれど、ヒナコにしてみれば怖《こわ》くてたまらないだろう。

そんな気持《きも》ちを察《さっ》したのか、太陽《たいよう》が何《なに》かを決意《けつい》したかのような表情《ひょうじょう》をヒナコに向《む》けて口《くち》を開《ひら》いた。

「わかるぜ、わかるぜその不安《ふあん》な気持《きも》ち！　その話《はなし》が本当《ほんとう》かどうかはわからないけど、スッキリするために調《しら》べてやろうぜ。なぁ！」

なあ、と言《い》われても反応《はんのう》はさまざまだ。

冬菜《ふゆな》は無表情《むひょうじょう》で大丈夫《だいじょうぶ》そうな顔《かお》をしていても、本当《ほんとう》は怖《こわ》がっているのが私《わたし》にはわかる。

だって、さっきからずっと私《わたし》の服《ふく》の裾《すそ》を掴《つか》んで離《はな》さないから。

昴《すばる》なんてあからさまに表情《ひょうじょう》に出《で》てはいるけど、恐怖心《きょうふしん》と見《み》てみたいという好奇心《こうきしん》が半々《はんはん》といった感《かん》じだ。

もちろん、私《わたし》は怖《こわ》いから行《い》きたくはないけど……行《い》くことになってしまったら、班長《はんちょう》だからみんながおかしなことをしないようについて行《い》かなきゃならない。

特《とく》に太陽《たいよう》は目《め》を離《はな》すと何《なに》をしでかすかわからないから大変《たいへん》なのだ。

「まあ、何《なに》が起《お》こったのか気《き》になりますし、証拠《しょうこ》を探《さが》すくらいならいいでしょう。何《なに》もなければよし、何《なに》かがあれば……すぐに警察《けいさつ》に連絡《れんらく》しましょう」

「わかった。みんなが行《い》くなら私《わたし》も……行《い》く。それに、早《はや》くしないと四時四十四分《よじよんじゅうよんふん》になっちゃう。鏡《かがみ》の中《なか》から悪魔《あくま》が出《で》てきて、鏡《かがみ》の中《なか》に連《つ》れて行《い》かれるかもしれないから」

昴《すばる》の発言《はつげん》はともかく、冬菜《ふゆな》は余計《よけい》なことを言《い》わないでほしい。

怖《こわ》がっているのに、どうしてわざわざ怖《こわ》くなるようなことを言《い》うのだろう。

「ちょ、ちょっと！　やめてよ冬菜《ふゆな》！　私《わたし》が怖《こわ》くなっちゃうでしょ！」

「春香《はるか》ちゃん、ごめん」

みんなが行《い》くつもりなら、私《わたし》も行《い》くことが決《き》まっているのだから、少《すこ》しでも怖《こわ》くないようにしたかったのに。

殺人現場《さつじんげんば》かもしれない、「呪《のろ》いの大鏡《おおかがみ》」がある場所《ばしょ》に行《い》かなければならないのだ。

神妙《しんみょう》な面持《おもも》ちで教室《きょうしつ》を出《で》たヒナコに続《つづ》き、私《わたし》たち「春夏秋冬班《しゅんかしゅうとうはん》」も廊下《ろうか》に出《で》た。

夕方《ゆうがた》の、夕焼《ゆうや》けに染《そ》まった校舎《こうしゃ》の中《なか》というのは、良《よ》く言《い》えば幻想的《げんそうてき》で物悲《ものがな》しくもあるけど、悪《わる》く言《い》えば何《なに》か得体《えたい》の知《し》れないものが潜《ひそ》んでいそうな気味《きみ》の悪《わる》さがある。

今感《いまかん》じているのはもちろん後者《こうしゃ》で、みんなと一緒《いっしょ》にいるとはいえ、背後《はいご》が気《き》になって何《なん》度《ど》も振《ふ》り返《かえ》ってしまう。

「どうしたの春香《はるか》ちゃん。そういえば一《ひと》つ思《おも》い出《だ》した話《はなし》があって。背中《せなか》を見《み》せると追《お》いかけてくる幽霊《ゆうれい》が出《で》るって聞《き》いたんだけど……」

「怒《おこ》るよ冬菜《ふゆな》。私《わたし》が怖《こわ》がりなの知《し》ってるくせに」

「そうだったね。ごめん」

そんな話《はなし》をしていても、倉庫《そうこ》に行《い》くみんなの動《うご》きが止《と》まるわけではない。

太陽《たいよう》と昴《すばる》、ヒナコは昨日《きのう》の状況《じょうきょう》を話《はな》していて、私《わたし》と冬菜《ふゆな》はそのあとをついて行《い》く。

そして、三階倉庫前《さんかいそうこまえ》。

太陽《たいよう》がドアに手《て》をかけると、いつもなら鍵《かぎ》がかかっているドアが、ゆっくりと開《ひら》いて行《い》く。

「……おかしいですね。川端先生《かわばたせんせい》がここでミサさんを殺《ころ》したというなら、証拠《しょうこ》が見《み》つかる可能性《かのうせい》を考《かんが》えると隠《かく》しておきたい場所《ばしょ》のはず。鍵《かぎ》がかかっていないというのは不可解《ふかかい》ですが、やはりそんな事実《じじつ》はなかったのかもしれないですね」

ドアが開《あ》けられ、真《ま》っ暗《くら》な倉庫《そうこ》の中《なか》にオレンジ色《いろ》の光《ひかり》が射《さ》し込《こ》んだ。

奥《おく》には大《おお》きな鏡《かがみ》。

それがみんなを映《うつ》し出《だ》し、手招《てまね》きをしているように見《み》えて、不気味《ぶきみ》に思《おも》えた。

「いやいや。不可解《ふかかい》って言《い》うなら、いつもなら入《はい》れない倉庫《そうこ》に簡単《かんたん》に入《はい》れることのほうが不可解《ふかかい》だろ。俺《おれ》、ここのドアが開《ひら》いてるところなんて見《み》たことないぞ？」

何《なに》がおかしいのか、笑《わら》って昴《すばる》の背中《せなか》を叩《たた》きながら倉庫《そうこ》に入《はい》った太陽《たいよう》だったが、私《わたし》はその言葉《ことば》に妙《みょう》な恐《おそ》ろしさというものを感《かん》じてしまっていた。

普段《ふだん》は開《ひら》いていないドア。

それが、ヒナコから怖《こわ》い話《はなし》を聞《き》いた直後《ちょくご》、鍵《かぎ》がかかっていなくて私《わたし》たちを待《ま》ち構《かま》えているかのように開《ひら》いたのだから、怖《こわ》くないはずがない。

「奥《おく》に大《おお》きな鏡《かがみ》があるでしょ？　それが『呪《のろ》いの大鏡《おおかがみ》』って呼《よ》ばれている鏡《かがみ》だよ。ほら、冬菜《ふゆな》も春香《はるか》も中《なか》に入《はい》って」

怖《こわ》いのに、ヒナコに無理矢理《むりやり》押《お》されるようにして倉庫《そうこ》の中《なか》に入《はい》らされる。

「ちょ、ちょっと押《お》さないで！　い、言《い》われなくても入《はい》るからさ！　なんだってわざわざ『呪《のろ》いの大鏡《おおかがみ》』をアピールしてから入《い》れるのよ……」

押《お》されて入《はい》った薄暗《うすぐら》い倉庫《そうこ》の中《なか》。

確《たし》かに大人《おとな》よりも大《おお》きな鏡《かがみ》が壁《かべ》に立《た》てかけられていて、ドアを開《あ》けたときに私《わたし》たちを映《うつ》していた鏡《かがみ》が怪談《かいだん》になっていると考《かんが》えると、気持《きも》ちのいいものではなかった。

「えっと、ミサちゃんはどの辺《あた》りで殺《ころ》されたの？　入《い》り口《ぐち》の近《ちか》くにはそれらしい跡《あと》はないけど。それに、どんな殺《ころ》され方《かた》だったかで証拠《しょうこ》が残《のこ》るかどうかが決《き》まるよね」

「冬菜《ふゆな》さんの言《い》う通《とお》りですね。たとえば血《ち》が出《で》るような殺《ころ》し方《かた》であれば、どこかに血痕《けっこん》が残《のこ》っているかもしれませんが。絞殺《こうさつ》なんかだと目《め》に見《み》える証拠《しょうこ》は残《のこ》らないかもしれませんね」

鏡《かがみ》の前《まえ》で屈《かが》んで、床《ゆか》を入念《にゅうねん》に調《しら》べている昴《すばる》が、唸《うな》りながら首《くび》を傾《かし》げた。

「しょ、証拠《しょうこ》がないならもういいんじゃない？　きっとヒナコの見間違《みまちが》いだったんだよ。

それに、川端先生《かわばたせんせい》がどうやってミサを殺《ころ》し……」

早《はや》く帰《かえ》りたい一心《いっしん》で、振《ふ》り返《かえ》ってヒナコを見《み》ると……

ギョロッと目《め》を見開《みひら》き、それでいて無表情《むひょうじょう》の顔《かお》を私《わたし》に向《む》けていたのだ。

背筋《せすじ》にゾクッと悪寒《おかん》が走《はし》る。

今《いま》までに見《み》たことのない、気味《きみ》の悪《わる》い表情《ひょうじょう》だったということもある。

だが、それ以上《いじょう》に同《おな》じ人間《にんげん》とは思《おも》えない、異質《いしつ》なものを感《かん》じてしまったからだ。

「ね、ねえ！　何《なに》かおかしい！　おかしいよヒナコが！」

自分一人《じぶんひとり》で抱《かか》え込《こ》みたくないと、振《ふ》り返《かえ》った私《わたし》は見《み》てしまった。

「呪《のろ》いの大鏡《おおかがみ》」に映《うつ》る昴《すばる》が俯《うつむ》いている昴《すばる》とは異《こと》なり、顔《かお》を上《あ》げてこちらを見《み》ていたのを。

誰《だれ》も気《き》づいていないのか、私《わたし》の声《こえ》で不思議《ふしぎ》そうにこちらを見《み》るだけ。

「なんだよ？　ヒナコがどうしたってんだ？　というかどこ行《い》ったんだよヒナコは。俺《おれ》たちにこんなことをさせてるのによ」

呆《あき》れたようにそう言《い》った太陽《たいよう》の言葉《ことば》で、私《わたし》は慌《あわ》てて入《い》り口《ぐち》を見《み》た。

ヒナコがいない。

今《いま》まで、私《わたし》が昴《すばる》のほうを向《む》く寸前《すんぜん》までそこにいたヒナコの姿《すがた》が消《き》えていたのだ。

何《なに》がどうなっているのか意味《いみ》がわからない。

あまりに不可解《ふかかい》で、心臓《しんぞう》の動《うご》きは激《はげ》しくなり、額《ひたい》には汗《あせ》が滲《にじ》み始《はじ》める。

いや、それも意味《いみ》がわからないけど、もっと意味《いみ》がわからないことが起《お》こっている。

「ヒナコもだけど、昴《すばる》も！　鏡《かがみ》の中《なか》！」

再《ふたた》び鏡《かがみ》のほうを見《み》て、鏡《かがみ》の中《なか》の昴《すばる》を指差《ゆびさ》してみせたけれど……先程《さきほど》のような変化《へんか》はなく、昴《すばる》がただ鏡《かがみ》に映《うつ》っているだけだった。

「……僕《ぼく》がなんです？　鏡《かがみ》の中《なか》がどうかしましたか？　『呪《のろ》いの大鏡《おおかがみ》』だからって、怖《こわ》がらせようとしてもダメですからね」

私《わたし》の言葉《ことば》で一斉《いっせい》に鏡《かがみ》のほうを向《む》いたけれど、みんなも不思議《ふしぎ》そうな表情《ひょうじょう》を浮《う》かべて、何《なに》もおかしなところがない鏡《かがみ》を見《み》ているだけだった。

怖《こわ》い怖《こわ》いと思《おも》っていたから、ありもしない幻覚《げんかく》でも見《み》たのか。

「……証拠《しょうこ》が何《なに》もないならもう帰《かえ》らない？　いつまでもここにいたって出《で》てくるわけじゃないでしょ？」

「だな。結構《けっこう》遅《おそ》くなっちまったし、早《はや》く帰《かえ》ってゲームでも……」

冬菜《ふゆな》、そして太陽《たいよう》が帰《かえ》ろうとしたとき、唐突《とうとつ》にその声《こえ》が止《と》まった。

何《なに》ごとかと振《ふ》り返《かえ》った昴《すばる》と私《わたし》は……その意味《いみ》を知《し》ることになる。

「四時四十四分《よじよんじゅうよんふん》……ですねぇ。『呪《のろ》いの大鏡《おおかがみ》』の中《なか》から悪魔《あくま》が現《あらわ》れ、鏡《かがみ》の中《なか》に連《つ》れて行《い》かれるという話《はなし》を聞《き》いたことはありませんか？」

入《い》り口《ぐち》を塞《ふさ》ぐようにして立《た》っていたのは川端先生《かわばたせんせい》。

なぜ、どうしてという疑問《ぎもん》が頭《あたま》に浮《う》かぶのは私《わたし》だけではなかったようで、みんな慌《あわ》てて振《ふ》り返《かえ》って鏡《かがみ》を見《み》る。

私《わたし》だって何度《なんど》も「呪《のろ》いの大鏡《おおかがみ》」なんて見《み》たくはない。

だけど、見《み》なければいけない、見《み》ないほうが恐《おそ》ろしいことになりそうな気《き》がして、首《くび》と視線《しせん》だけを鏡《かがみ》に向《む》けた。

するとそこには……

「せ、先生《せんせい》が……鏡《かがみ》に映《うつ》っていない」

昴《すばる》がそう言《い》ったとき、私《わたし》は思《おも》い出《だ》した。

この部屋《へや》のドアを開《あ》けたとき、確《たし》かに四人《よにん》の姿《すがた》は鏡《かがみ》に映《うつ》っていたものの、ヒナコの姿《すがた》は見《み》えなかったのだ。

私《わたし》と冬菜《ふゆな》の間《あいだ》にいて、間違《まちが》いなく映《うつ》る場所《ばしょ》にいたというのにだ。

そう考《かんが》えた瞬間《しゅんかん》、言《い》いようのない恐怖《きょうふ》が足元《あしもと》から這《は》い上《あ》がってくるように私《わたし》の身体《からだ》を伝《つた》い、背中《せなか》にまとわりついて離《はな》れなくなった。

慌《あわ》てて川端先生《かわばたせんせい》のほうを向《む》くと……

そこにいたのは、いつもの川端先生《かわばたせんせい》ではなく、人《ひと》ではないような皮膚《ひふ》の気味《きみ》の悪《わる》い黒《くろ》い生物《せいぶつ》に変化《へんか》していた。

目《め》は赤《あか》く、動物《どうぶつ》のような、辛《かろ》うじて人《ひと》のような不可解《ふかかい》な形状《けいじょう》。

四時四十四分《よじよんじゅうよんふん》に「呪《のろ》いの大鏡《おおかがみ》」から悪魔《あくま》が現《あらわ》れる……もしかしてこれが悪魔《あくま》なのかという考《かんが》えが脳裏《のうり》を過《よぎ》ったとき、その傍《かたわ》らにいるヒナコに気《き》づいたが、明《あき》らかにいつもとは違《ちが》う顔《かお》に、ヒナコも「そちら側《がわ》」なのだとわかった。

「ど、ど、どうなってるのこれ！　せ、先生《せんせい》が先生《せんせい》じゃなくて、ヒナコが……なんで!?」

何《なに》が起《お》こっているのかがまったくわからず、口《くち》から出《で》る言葉《ことば》すべてが戸惑《とまど》っている。

「ヒナコちゃん。最初《さいしょ》から私《わたし》たちをここにおびき寄《よ》せるためにあんなことを。その川端先《かわばたせん》生《せい》に命令《めいれい》されて……ってわけでもなさそうだね」

冬菜《ふゆな》が話《はな》している間《あいだ》にも、ヒナコの姿《すがた》は川端先生《かわばたせんせい》と同《おな》じく、黒《くろ》く異形《いぎょう》の姿《すがた》へと変《か》わっていったのだ。

「ま、まさか……四時四十四分《よじよんじゅうよんふん》の『呪《のろ》いの大鏡《おおかがみ》』の悪魔《あくま》だとでもいうのですか!?　そんなの、ただの怪談《かいだん》で……」

二人《ふたり》の姿《すがた》に焦《あせ》り、驚《おどろ》き、ゆっくりと後退《こうたい》をし始《はじ》めた昴《すばる》。

だが、そんな昴《すばる》の背後《はいご》で、鏡《かがみ》の中《なか》から伸《の》びた手《て》が肩《かた》を掴《つか》んだのだ。

「す、昴《すばる》！」

「わ、わわっ！　な、なんですかこれは！　どうし……」

話《はな》している途中《とちゅう》で、鏡《かがみ》の中《なか》の昴《すばる》が驚《おどろ》く昴《すばる》を引《ひ》っ張《ぱ》り、まるで水《みず》の中《なか》にでも落《お》ちたかのように鏡面《きょうめん》に波紋《はもん》が広《ひろ》がり……そして、何《なに》ごともなかったかのように鏡《かがみ》の中《なか》から昴《すばる》が現《あらわ》れたのだった。

「す、昴《すばる》？　い、今《いま》のは一体《いったい》なんだったんだよ！」

「太陽《たいよう》くん！　待《ま》って！　その昴《すばる》くんは……鏡《かがみ》に映《うつ》ってない！」

冬菜《ふゆな》がそう叫《さけ》んだ瞬間《しゅんかん》、鏡《かがみ》の中《なか》の私《わたし》たち三人《さんにん》の首《くび》がグリンッと動《うご》き、ニタニタと笑《え》みを浮《う》かべた。

「に、逃《に》げよう！　私《わたし》たちも昴《すばる》みたいになるよ！」

「バカ！　逃《に》げるったって一体《いったい》どこにだよ！」

この場《ば》から逃《に》げようと、駆《か》け出《だ》そうとした私《わたし》の手《て》を太陽《たいよう》が掴《つか》み、私《わたし》はこの絶望的《ぜつぼうてき》な状《じょう》況《きょう》に改《あらた》めて気《き》づいた。

入《い》り口《ぐち》は川端先生《かわばたせんせい》とヒナコを模《も》したモノに塞《ふさ》がれて出《で》られない。

そして倉庫《そうこ》の中《なか》には、鏡《かがみ》から出《で》てきた昴《すばる》に似《に》た何《なに》かが。

徐々《じょじょ》に追《お》いつめられ、倉庫《そうこ》の真《ま》ん中《なか》でひと塊《かたまり》になった私《わたし》たち。

「な、何《なに》が目的《もくてき》だ！　俺《おれ》たちをどうしようってんだ！」

太陽《たいよう》が恐怖《きょうふ》を振《ふ》り払《はら》うように声《こえ》を上《あ》げたが、不気味《ぶきみ》な顔《かお》の川端先生《かわばたせんせい》は無表情《むひょうじょう》で迫《せま》ってくる。

「入《い》れ替《か》わるんですよ。鏡《かがみ》の世界《せかい》は怨念《おんねん》と悪意《あくい》が渦巻《うずま》く闇《やみ》の世界《せかい》。そこで生《う》まれた私《わたし》たちがこちらの世界《せかい》に来《く》るには、こちらの人間《にんげん》と入《い》れ替《か》わるしかないのですからね。安心《あんしん》してください。あなたたちに代《か》わって、私《わたし》たちがこちらの世界《せかい》で生《い》きますので」

私《わたし》たちを覗《のぞ》きこむように顔《かお》を近《ちか》づけた川端先生《かわばたせんせい》。

その手《て》が冬菜《ふゆな》の首《くび》を掴《つか》んで持《も》ち上《あ》げると、もがく冬菜《ふゆな》などお構《かま》いなしに「呪《のろ》いの大鏡《おおかがみ》」に向《む》かって投《な》げつけたのだ。

私《わたし》は見《み》た。

放《ほう》り投《な》げられた冬菜《ふゆな》を迎《むか》えるように、鏡《かがみ》の中《なか》の冬菜《ふゆな》が手《て》を伸《の》ばしていたのを。

「ふ、冬菜《ふゆな》っ！」

「春《はる》……」

名前《なまえ》を言《い》い終《お》わる前《まえ》に鏡《かがみ》の中《なか》に吸《す》い込《こ》まれるようにして……冬菜《ふゆな》は消《き》えた。

昴《すばる》と同《おな》じように鏡面《きょうめん》に波紋《はもん》が広《ひろ》がり、そして何《なに》ごともなかったかのようにもう一人《ひとり》の冬《ふゆ》菜《な》が鏡《かがみ》の中《なか》から出《で》てきたのだ。

確《たし》かに冬菜《ふゆな》に似《に》ているけど、何《なに》かが違《ちが》う。

その違和感《いわかん》の正体《しょうたい》は何《なに》かと考《かんが》えたとき、冬菜《ふゆな》が反対《はんたい》になっていることに気《き》づいた。

鏡《かがみ》に映《うつ》した姿《すがた》を見《み》ているのだと理解《りかい》し、私《わたし》は言《い》いようのない不安《ふあん》に襲《おそ》われた。

鏡《かがみ》の中《なか》の自分《じぶん》が、違《ちが》う動《うご》きをして襲《おそ》いかかってくるなんて、昔《むかし》から考《かんが》えていた恐怖《きょうふ》や不《ふ》安《あん》そのものだったから。

「ど、どどど、どうすりゃいいんだよ！　春香《はるか》、お前《まえ》だけでも逃《に》げろ！　逃《に》げて、警察《けいさつ》に言《い》うんだ！」

「私《わたし》だけでもって……太陽《たいよう》はどうするのよ！」

「俺《おれ》は……お前《まえ》が逃《に》げる時間《じかん》を稼《かせ》ぐ！」

そう言《い》うが早《はや》いか、太陽《たいよう》が目《め》の前《まえ》の川端先生《かわばたせんせい》に体当《たいあ》たりをしたのだ。

不意打《ふいう》ちのような形《かたち》になったからか、川端先生《かわばたせんせい》がよろめき、入《い》り口《ぐち》までの道《みち》が開《ひら》けた。

ここから逃《に》げたい、逃《に》げたいと焦《あせ》り、震《ふる》える足《あし》をなんとか前《まえ》に出《だ》して走《はし》り出《だ》そうとしたとき。

目《め》の前《まえ》で、倉庫《そうこ》のドアが勢《いきお》いよく閉《し》まったのだった。

川端先生《かわばたせんせい》もヒナコも、そんなことはしていない。

その現象《げんしょう》に恐怖《きょうふ》し、太陽《たいよう》のほうを振《ふ》り向《む》いた私《わたし》はそれを見《み》てしまった。

「呪《のろ》いの大鏡《おおかがみ》」の中《なか》。

倉庫《そうこ》のドアを閉《し》めていたのは……他《ほか》の誰《だれ》でもない、私自身《わたしじしん》だったのだ。

いや、正確《せいかく》に言《い》えば私《わたし》ではなく「鏡《かがみ》の中《なか》の私《わたし》」なのだが、ゆっくりと振《ふ》り向《む》いてニタリと笑《わら》うそれは、決《けっ》して私《わたし》ではないと言《い》える。

「悪《わる》いね、悪《わる》い子《こ》だね。まだ川端先生《かわばたせんせい》がミサを殺《ころ》した証拠《しょうこ》が見《み》つかってないのに、出《で》て行《い》こうとするなんて。そんな悪《わる》い子《こ》は死《し》のうよ。ね？　死《し》のう死《し》のう。生《い》きてても仕方《しかた》ないでしょ？　代《か》わりはいるから遠慮《えんりょ》なく死《し》んでよ」

異形《いぎょう》のヒナコが目《め》を見開《みひら》き、私《わたし》に顔《かお》を近《ちか》づけて呪《のろ》いとも思《おも》える不気味《ぶきみ》な声《こえ》でそうつぶやいた。

全身《ぜんしん》に回《まわ》った震《ふる》えに恐怖《きょうふ》が混《ま》じり、脱力《だつりょく》にも似《に》た感覚《かんかく》が私《わたし》の動《うご》きを止《と》める。

「本当《ほんとう》に悪《わる》い子《こ》ですね。先生《せんせい》に暴力《ぼうりょく》を振《ふ》るうとは。ですが今日《きょう》からはもうそんなことはしないようになりますよね。だって、太陽《たいよう》くんは鏡《かがみ》の世界《せかい》で生《い》きるのですから」

そう言《い》うと同時《どうじ》に、太陽《たいよう》と私《わたし》は川端先生《かわばたせんせい》に腕《うで》を掴《つか》まれて「呪《のろ》いの大鏡《おおかがみ》」のほうに投《な》げ飛《と》ばされたのだ。

薄暗《うすぐら》い倉庫《そうこ》の中《なか》で、壁《かべ》に向《む》かって投《な》げられる恐怖《きょうふ》。

普通《ふつう》なら、鏡《かがみ》にぶつかってガラスが割《わ》れ、下手《へた》すれば大怪我《おおけが》をしてしまうだろう。

そのイメージも出来《でき》たし、死《し》すら覚悟《かくご》したのだけど。

鏡《かがみ》にぶつかる寸前《すんぜん》、その中《なか》から迎《むか》えるように腕《うで》が伸《の》びて私《わたし》の身体《からだ》を掴《つか》んだ。

「やめろぉおっ！　離《はな》せえええぇっ！」

あまりの恐怖《きょうふ》に声《こえ》が出《だ》せない私《わたし》に代《か》わって、太陽《たいよう》が代弁《だいべん》してくれるように悲鳴《ひめい》を上《あ》げた。

鏡《かがみ》の中《なか》から伸《の》びた手《て》は、鏡《かがみ》の中《なか》の私《わたし》のもの。

私《わたし》の身体《からだ》を、ニヤニヤと笑《わら》いながら抱《だ》き締《し》めたもう一人《ひとり》の私《わたし》。

鏡面《きょうめん》に触《ふ》れると同時《どうじ》に感《かん》じた、水《みず》の中《なか》に飛《と》び込《こ》んだような不思議《ふしぎ》な感覚《かんかく》。

濡《ぬ》れてもいないし、息《いき》が出来《でき》ないわけでもない。

ただ、今《いま》までいた世界《せかい》とはまるで違《ちが》う、冷《つめ》たくて暗《くら》くて静《しず》かで、そして悲《かな》しいという感《かん》覚《かく》に包《つつ》まれて……私《わたし》は鏡《かがみ》の世界《せかい》に入《はい》ってしまったんだなという実感《じっかん》だけがあった。


「いってぇぇぇえっ！　ふざけんな！　一体何《いったいなん》なんだ、乱暴《らんぼう》に放《ほう》り投《な》げやがってよ！」

余程痛《よほどいた》かったのか、頭《あたま》を抱《かか》えてジタバタとのたうつ太陽《たいよう》。

私《わたし》は運《うん》がよかったのか、それほど痛《いた》みは感《かん》じない。

「春香《はるか》ちゃん、太陽《たいよう》くん。二人《ふたり》も来《き》ちゃったんだね」

先《さき》に鏡《かがみ》の世界《せかい》に放《ほう》り込《こ》まれた冬菜《ふゆな》が、心配《しんぱい》そうに私《わたし》と太陽《たいよう》を見《み》ながらそうつぶやいた
が……昴《すばる》の姿《すがた》が見《み》えない。

「あれ……昴《すばる》は？　冬菜《ふゆな》がいるってことは、昴《すばる》もいるんだよね？」

「わ、私《わたし》が来《き》たときにはもういなかったんだ。ドアが開《あ》いてたし、出《で》て行《い》ったのかもしれない」

倉庫《そうこ》の中《なか》を見回《みまわ》してみると、先程《さきほど》までいた学校《がっこう》とは違《ちが》い、明《あき》らかに不気味《ぶきみ》な雰囲気《ふんいき》になっている。

夕暮《ゆうぐ》れどきだったはずが暗《くら》い夜《よる》に変《か》わっていて、それでいて何《なに》も見《み》えないわけではなく、不思議《ふしぎ》と何《なに》がどこにあるかがわかるのだ。

背後《はいご》にあるはずの「呪《のろ》いの大鏡《おおかがみ》」は、なぜかなくて壁《かべ》になっており、そして部屋《へや》の暗《くら》い部分《ぶぶん》に何《なに》かが潜《ひそ》んでいるような、こちらを何《なに》かが見《み》ているような不気味《ぶきみ》ささえ感《かん》じる。

「いや、待《ま》てよ？　もしかして俺《おれ》は夢《ゆめ》でも見《み》てたんじゃないのか？　この倉庫《そうこ》に入《はい》って、ついうっかり寝《ね》ちまったんだ。で、夜《よる》になって目《め》を覚《さ》ましたってことじゃね？　それなら外《そと》が暗《くら》いのも、先生《せんせい》たちがいないのも納得出来《なっとくでき》るってもんだぜ」

「あんた、楽観的《らっかんてき》に考《かんが》えるのもいい加減《かげん》にしなさいよ。私《わたし》も冬菜《ふゆな》も、あんたと同《おな》じように鏡《かがみ》の中《なか》に放《ほう》り投《な》げられたの！　ほら、見《み》なさいよ！　ダンボールの文字《もじ》がおかしいじゃない！」

そう言《い》って、倉庫《そうこ》の中《なか》に置《お》かれていた、反転《はんてん》した文字《もじ》が書《か》かれているダンボールを指差《ゆびさ》したが、太陽《たいよう》はそれを見《み》て笑《わら》ったのだった。

「ぷぷっ！　おいおい見《み》ろよこれ。『ちんこう運送《うんそう》』だってよ！」

「太陽《たいよう》くん。反転《はんてん》してるから『さんこう運送《うんそう》』だよ。そう見《み》えても仕方《しかた》ないと思《おも》うけど」

こういうくだらないことで笑《わら》う神経《しんけい》を疑《うたが》うよ。

今《いま》はそんなことで笑《わら》っていられる場合《ばあい》じゃないだろうに。

「もう！　いい!?　私《わたし》たちは鏡《かがみ》の中《なか》の世界《せかい》に入《い》れられたの！　で、『呪《のろ》いの大鏡《おおかがみ》』はここにはない。となると……となると、どうすればいいの？」

脳天気《のうてんき》な太陽《たいよう》に腹《はら》を立《た》てて声《こえ》を荒《あら》らげたものの、これからどうすればいいかがわからない。

このまま待《ま》っていればいいのか、それとも倉庫《そうこ》を出《で》て行《い》った昴《すばる》のように、ここから出《で》るべきなのか。

「なんだよ。とりあえず家《いえ》に帰《かえ》って明日《あした》考《かんが》えようぜ？　鏡《かがみ》の中《なか》って言《い》っても、俺《おれ》たちの家《いえ》はあるんだろ？」

「どうだろう。わからないよ。だって鏡《かがみ》の中《なか》なんて初《はじ》めてだし、それに……こんな気持《きも》ち悪《わる》い世界《せかい》だったら、自分《じぶん》の家《いえ》だって怪《あや》しいかもしれないよ」

太陽《たいよう》の気持《きも》ちはわからなくはなかったけど、どちらかと言《い》えば私《わたし》は冬菜《ふゆな》の意見《いけん》に近《ちか》かった。

私《わたし》たちは……この世界《せかい》で何《なに》をすべきなのかがまったくわからないのだ。

第二章《だいにしょう》　知《し》らない間《あいだ》に近《ちか》づく人形《にんぎょう》

どんな判断《はんだん》をするにしても、このまま倉庫《そうこ》にいても仕方《しかた》がない。

少《すこ》しは待機《たいき》してもいいんじゃないかと思《おも》う一方《いっぽう》で、昴《すばる》がすぐにここから出《で》たのはさすがに判断《はんだん》が早《はや》いと思《おも》った。

「おいおい……本当《ほんとう》にここ、学校《がっこう》なのかよ。廊下《ろうか》がめちゃくちゃ短《みじか》いぜ？　教室《きょうしつ》が三《みっ》つしかねぇよ」

廊下《ろうか》に顔《かお》を出《だ》して確認《かくにん》した太陽《たいよう》が驚《おどろ》いたような声《こえ》を上《あ》げて、私《わたし》と冬菜《ふゆな》もそっと顔《かお》を出《だ》した。

右側《みぎがわ》。階段《かいだん》やトイレがある、私《わたし》たちの教室《きょうしつ》のほう。

「太陽《たいよう》くん。ここは鏡《かがみ》の世界《せかい》だから、全部逆《ぜんぶぎゃく》になるんだよ。だから、私《わたし》たちの教室《きょうしつ》はあっち」

そう言《い》って冬菜《ふゆな》が、太陽《たいよう》の頭《あたま》を掴《つか》んで強引《ごういん》に向《む》きを変《か》える。

「ぎゅえっ！　い、いきなりやめろよ！　それにしても……マジで鏡《かがみ》の世界《せかい》なのかよ。こんなのもう別《べつ》の学校《がっこう》に思《おも》えるぜ。なあ、春香《はるか》」

「ちょ、わ、私《わたし》に同意《どうい》を求《もと》めないでよ。それに声《こえ》が大《おお》きいよ！　川端先生《かわばたせんせい》が言《い》ってたじゃない。鏡《かがみ》の中《なか》は怨念《おんねん》と悪意《あくい》の世界《せかい》って。何《なに》がいるかもわからないんだから静《しず》かにしてよ」

私《わたし》だって本当《ほんとう》は、そんなことは考《かんが》えたくないけれど、あまりにも不気味《ぶきみ》な雰囲気《ふんいき》の学校《がっこう》に、嫌《いや》でも何《なに》かがいるのではないかと考《かんが》えてしまう。

それほどまでに廊下《ろうか》の奥《おく》が暗《くら》く、そして何《なに》かが蠢《うごめ》いているようでこの空間《くうかん》に嫌悪感《けんおかん》があった。

まるで、幽霊《ゆうれい》が現《あらわ》れては消《き》えているかのような気持《きも》ち悪《わる》さが。

学校《がっこう》は念《ねん》が集《あつ》まるところだから、幽霊《ゆうれい》も引《ひ》き寄《よ》せられるみたいな話《はなし》を誰《だれ》かから聞《き》いたことがある。

怖《こわ》がりの私《わたし》は当然《とうぜん》そんな話《はなし》は聞《き》きたくないし、信《しん》じたくもなかったから詳《くわ》しくは聞《き》かなかったけど、今《いま》はその言葉《ことば》が妙《みょう》に頭《あたま》の中《なか》で回《まわ》っている。

「廊下《ろうか》が歪《ゆが》んで見《み》えるね。なんだか気持《きも》ちが悪《わる》いけど、昴《すばる》くんを探《さが》さなきゃ。そして、このあとどうするかを考《かんが》えないと」

「そうだね冬菜《ふゆな》。でも、昴《すばる》は一体《いったい》どこにいるんだろうね。まさか、太陽《たいよう》みたいに家《いえ》に帰《かえ》ろうとしたなんて思《おも》えないし」

いくら昴《すばる》が頭《あたま》がいいとはいえ、こんな気味《きみ》の悪《わる》い世界《せかい》に来《き》てすぐに、家《いえ》に帰《かえ》ろうと思《おも》えるほどおかしくはないはずだ。

きっと、元《もと》の世界《せかい》に戻《もど》ろうと「呪《のろ》いの大鏡《おおかがみ》」を探《さが》したはずだし、それがないと判断《はんだん》したなら……もしかして「呪《のろ》いの大鏡《おおかがみ》」を探《さが》しに行《い》ったのだろうか。

「どこに行《い》けばいいかわからないなら、とりあえず教室《きょうしつ》に行《い》こう。鏡《かがみ》の世界《せかい》だから私《わたし》たちの教室《きょうしつ》とは思《おも》えないかもだけど」

冬菜《ふゆな》のその言葉《ことば》に反対《はんたい》する理由《りゆう》はない。

むしろ、どうすればいいのかわからないこの状況下《じょうきょうか》では、誰《だれ》かが何《なに》かを決《き》めてくれるほうが私《わたし》にとってはありがたい。

太陽《たいよう》も反対《はんたい》はしないようで、私《わたし》たちはトイレの向《む》こうにある私《わたし》たちの教室《きょうしつ》に向《む》かうことになった。

そして、倉庫《そうこ》から出《で》たとき、その太陽《たいよう》が不思議《ふしぎ》そうな表情《ひょうじょう》で目《め》を細《ほそ》めてみせたのだ。

「な、何《なに》よ、変《へん》な顔《かお》しちゃってさ。こんな場所《ばしょ》だからって、私《わたし》たちを驚《おどろ》かそうとしなくてもいいから。そういうの本当《ほんとう》に最低《さいてい》だからね！」

ずっと誰《だれ》かから見《み》られているような、何《なに》かがまとわりついているような空間《くうかん》で、ただでさえ怖《こわ》いというのに、そのタイミングでわざわざ驚《おどろ》かせようとしてくる意味《いみ》がわからない。

「ん……いや、違《ちが》うって。ほら、廊下《ろうか》の一番奥《いちばんおく》。何《なに》かないか？　音楽室《おんがくしつ》の前《まえ》に。ほら」

やめろと言《い》っているのに太陽《たいよう》がそう言《い》うものだから、私《わたし》も呆《あき》れ半分《はんぶん》で廊下《ろうか》の奥《おく》を見《み》てみると……確《たし》かに、何《なに》か小《ちい》さな人《ひと》のようなものがそこに立《た》っていたのだ。

三十《さんじっ》センチほどの人《ひと》。

「人形《にんぎょう》？　どうしてこんなところに人形《にんぎょう》があるかはわからないけど、今《いま》は教室《きょうしつ》に行《い》こう」

冬菜《ふゆな》の言《い》う通《とお》りだ。

あれは人形《にんぎょう》で、そして教室《きょうしつ》に行《い》くのにそれはまったく重要《じゅうよう》ではないし、無視《むし》すればいい。

三人《さんにん》で固《かた》まって廊下《ろうか》を歩《ある》く。

階段《かいだん》の前《まえ》、トイレの前《まえ》を通《とお》りすぎて教室《きょうしつ》のドアを開《あ》けると……そこには、驚《おどろ》いた表情《ひょうじょう》でこちらを見《み》る昴《すばる》の姿《すがた》があった。

「み、みなさん！　いや、本当《ほんとう》に僕《ぼく》が知《し》ってる『春夏秋冬班《しゅんかしゅうとうはん》』のみんなですか？　もしもそうだとすると、僕《ぼく》だけじゃないということですよね」

「は、はは！　昴《すばる》！　心配《しんぱい》したぜ昴《すばる》！　気《き》づいたらお前《まえ》だけいないしよ、どこに行《い》ったんだってみんなで話《はな》してたんだよ」

警戒《けいかい》する昴《すばる》などお構《かま》いなしに近《ちか》づいて、背中《せなか》をバンバンと叩《たた》いてみせた太陽《たいよう》。

何度《なんど》も叩《たた》かれてメガネがズレたが、その行動《こうどう》を見《み》て昴《すばる》は安心《あんしん》した様子《ようす》で。

「ど、どうやら本当《ほんとう》に太陽《たいよう》くんのようですね。服《ふく》に書《か》かれた文字《もじ》が反転《はんてん》していないし、いつも見《み》ている顔《かお》ですし違和感《いわかん》もありません」

一《ひと》つ一《ひと》つ確認《かくにん》するかのように指《ゆび》を差《さ》して、その行為《こうい》はまるで自分《じぶん》を納得《なっとく》させているかのようだ。

「昴《すばる》くん、どうしてこの教室《きょうしつ》に？　倉庫《そうこ》から出《で》たなら、他《ほか》の場所《ばしょ》に行《い》ってもよかったのに」

「え、ええ。僕《ぼく》もどうしようか悩《なや》みましたよ。ですが倉庫《そうこ》の中《なか》に『呪《のろ》いの大鏡《おおかがみ》』はありませんでした。だから探《さが》すために倉庫《そうこ》を出《で》たんです。あの鏡《かがみ》が原因《げんいん》でこちらの世界《せかい》に来《き》たのなら、戻《もど》るにもあの鏡《かがみ》がないとダメだと思《おも》ったので」

なるほど、先《さき》にこの世界《せかい》に投《な》げ込《こ》まれ、私《わたし》たちが来《く》るかもわからない状況《じょうきょう》で、一人《ひとり》で決《き》めて実行《じっこう》しようとしたのだろう。

それならなぜここにいるのかがわからないのだけど。

「じゃあ、さっさと行《い》くか。俺《おれ》の考《かんが》えは、もう暗《くら》いから家《いえ》に帰《かえ》ってさ、明日《あした》考《かんが》えるなんだけど、いいアイデアじゃね？」

自慢《じまん》げに話《はな》す太陽《たいよう》に、首《くび》を横《よこ》に振《ふ》ってみせる昴《すばる》。

「最悪《さいあく》のアイデアですね、太陽《たいよう》くん。いいですか？　川端先生《かわばたせんせい》も恐《おそ》らく、僕《ぼく》たちのようにこちらの世界《せかい》にいると思《おも》います。ですが僕《ぼく》たちをこの世界《せかい》に移動《いどう》させた川端先生《かわばたせんせい》は悪魔《あくま》でした。つまり、川端先生《かわばたせんせい》でさえまだこの中《なか》に囚《とら》われてるということなんですよ」

確《たし》かに昴《すばる》の言《い》うことはわからなくはないけど、いつもならもっと優《やさ》しい言《い》い方《かた》をするのに、やけに辛辣《しんらつ》な物言《ものい》いをするんだな。

それに、何《なに》か行動《こうどう》をするにしても早《はや》く動《うご》くべきだと思《おも》うけど、昴《すばる》は椅子《いす》から立《た》とうともしない。

「どうかしたの？　何《なに》をするにしても動《うご》かなきゃ。もしかして怖《こわ》くて漏《も》らしちゃったとか？　だから動《うご》けないの？」

「ば、バカなことを言《い》わないでくださいよ春香《はるか》さん！　いいですか、廊下《ろうか》にヤバいものがいるんですよ！　あれがいるから僕《ぼく》は……」

廊下《ろうか》といえば……音楽室《おんがくしつ》の前《まえ》に人形《にんぎょう》があった。

日本人形《にほんにんぎょう》のような形《かたち》のあれは、確《たし》かに気味《きみ》のいいものではなかったけれど、そこまでヤバいものだとは思《おも》わなかったな。

「なんだよ昴《すばる》、お前人形《まえにんぎょう》が怖《こわ》いのか？　まあ、人《ひと》には怖《こわ》いものの一《ひと》つや二《ふた》つくらいあるだろうし。よし、俺《おれ》が片《かた》づけて来《き》てやるよ。音楽室《おんがくしつ》の中《なか》にでも入《い》れてくればいいだろ？」

そう言《い》って太陽《たいよう》が、教室《きょうしつ》から出《で》て人形《にんぎょう》のところに行《い》こうとしたとき、慌《あわ》てた様子《ようす》で昴《すばる》が声《こえ》を上《あ》げた。

「や、やめてください太陽《たいよう》くん！　キミは本当《ほんとう》にアレの恐《おそ》ろしさをわかっていないんです！　アレを見《み》てしまったら視界《しかい》から外《はず》してしまうとダメなんです！　アレに背《せ》を向《む》けると……近《ちか》づいてくるんです！」

あまりの剣幕《けんまく》に、私《わたし》たちは少《すこ》し驚《おどろ》いて顔《かお》を見合《みあ》わせた。

学校《がっこう》の廊下《ろうか》に置《お》かれていた人形《にんぎょう》に、確《たし》かに気味《きみ》の悪《わる》さは感《かん》じていたけど、昴《すばる》が言《い》っていることは本当《ほんとう》のことなのだろうか。

「どういうこと？　人形《にんぎょう》を見《み》ていないと近《ちか》づいてくる？」

「その通《とお》りですよ冬菜《ふゆな》さん。キミたちはあの人形《にんぎょう》を見《み》てしまったんですよね？　そしてこの教室《きょうしつ》に入《はい》ったということは、次《つぎ》に見《み》たときは少《すこ》し近《ちか》づいていますよ、間違《まちが》いなく」

本当《ほんとう》にそういうのやめてよ。

ただでさえ鏡《かがみ》の中《なか》とかいう、意味《いみ》のわからない世界《せかい》にいるのに、追《お》い打《う》ちをかけるように怖《こわ》い話《はなし》をされてはたまったもんじゃない。

「心配《しんぱい》しすぎだって。あ、もしかしてそれが原因《げんいん》でこの教室《きょうしつ》から出《で》られなかったとか？　わかったよ、俺《おれ》が確認《かくにん》してやる。それでなんともなければ、昴《すばる》も安心出来《あんしんでき》るだろ」

と、笑《わら》いながら入《い》り口《ぐち》に向《む》かって歩《ある》く太陽《たいよう》。

廊下《ろうか》を見《み》た瞬間《しゅんかん》、血色《けっしょく》が悪《わる》くなった顔《かお》を私《わたし》たちに向《む》けたのだ。

「……マ、マジだ。え、なんで⁉　さっきまで音楽室《おんがくしつ》の前《まえ》にいたのになんで⁉　もう階段《かいだん》を越《こ》えて……えあっ⁉　隣《となり》の教室《きょうしつ》まで来《き》てるぞ！」

恐怖《きょうふ》と混乱《こんらん》で、何度《なんど》も何度《なんど》も人形《にんぎょう》を視界《しかい》から外《はず》し、再度《さいど》見《み》るを繰《く》り返《かえ》したのだろう。

あまりにも軽率《けいそつ》なその行動《こうどう》に、思《おも》わず昴《すばる》が椅子《いす》から立《た》ち上《あ》がった。

「た、太陽《たいよう》くん！　何度《なんど》も見《み》ちゃダメですよ！　アイツが来《き》ます！　死《し》にたいんですか！」

そのあまりの声《こえ》の大《おお》きさに私《わたし》と冬菜《ふゆな》の身体《からだ》は震《ふる》えた。

その発言《はつげん》には鬼気迫《ききせま》るものがあったし、何《なに》かを隠《かく》しているような気《き》がしたから。

だけど、それが何《なに》を意味《いみ》しているかがわからない。

「とりあえず太陽《たいよう》は教室《きょうしつ》の中《なか》に入《はい》ってて。私《わたし》も確認《かくにん》しないと、どうしてそんなに驚《おどろ》いているかもわからないし」

本当《ほんとう》はそんな確認《かくにん》なんてしたくないし、出来《でき》れば身《み》を小《ちい》さくして事態《じたい》の解決《かいけつ》を待《ま》ちたい。

だけどそれ以上《いじょう》に、私《わたし》は自分《じぶん》が情報《じょうほう》を知《し》らないということが嫌《いや》だった。

チラリと冬菜《ふゆな》を見《み》たけど、首《くび》を横《よこ》に振《ふ》っている。

それは見《み》たくないという意思表示《いしひょうじ》なのだろう。

怖《こわ》いから出来《でき》れば一緒《いっしょ》に見《み》てほしいけど……仕方《しかた》ないと教室《きょうしつ》の入《い》り口《ぐち》から顔《かお》を出《だ》した。

音楽室《おんがくしつ》の前《まえ》、この教室《きょうしつ》に入《はい》る前《まえ》はそこに置《お》かれていたはずの日本人形《にほんにんぎょう》。

それが……なぜか、私《わたし》の足元《あしもと》にいて、

「えっ？」と小《ちい》さくつぶやいた瞬間《しゅんかん》。

日本人形《にほんにんぎょう》がニタリと笑《わら》うと、その身体中《からだじゅう》が割《わ》れて大《おお》きくなり、私《わたし》と同《おな》じくらいの大《おお》きさになったかと思《おも》ったら、顔《かお》が真《ま》ん中《なか》から割《わ》れて、棘《とげ》のような歯《は》が沢山《たくさん》生《は》えたものが眼前《がんぜん》に現《あらわ》れたのだ。

悲鳴《ひめい》を上《あ》げるより早《はや》く、巨大化《きょだいか》した日本人形《にほんにんぎょう》が私《わたし》を掴《つか》み、その奇妙《きみょう》な口《くち》のようなものが迫《せま》り。

ゴリゴリと音《おと》を立《た》てて削《けず》り取《と》るようにして、私《わたし》の頭《あたま》を食《く》ってしまったのだった。

「ひゃっ！　嘘《うそ》っ！　なんで……痛《いた》っ……あれ？」

私《わたし》は頭《あたま》を食《く》われて死《し》んだ。

と、思《おも》ったのに、頭《あたま》に手《て》を当《あ》てて生《い》きている？

確《たし》かに頭《あたま》を削《けず》られたような激痛《げきつう》はあったし、死《し》の悲《かな》しみというか、妙《みょう》に寂《さび》しくなったのは覚《おぼ》えているけど。

「う、うわわわっ！　は、春香《はるか》！　なんで！」

「は、春香《はるか》ちゃん！」

廊下《ろうか》から私《わたし》を呼《よ》ぶ声《こえ》が聞《き》こえる。

いや、この感《かん》じは呼《よ》んでいるわけではなさそうだ。

そしてこの場所《ばしょ》は……

「ここって倉庫《そうこ》？　どうしてこんなところに」

何《なに》がどうなっているかわからずに首《くび》を傾《かし》げたが、とりあえずみんながいるところに戻《もど》ろうと立《た》ち上《あ》がって廊下《ろうか》に出《で》たが……

それと同時《どうじ》に、その声《こえ》は聞《き》こえた。

『菜花春香《なばなはるか》さんが死《し》にました。最初《さいしょ》からスタートです』

天井《てんじょう》から降《ふ》り注《そそ》ぐような、その不気味《ぶきみ》な声《こえ》は、備《そな》えつけのスピーカーから聞《き》こえて。

「は？」

死《し》んだと言《い》われた私《わたし》は再《ふたた》び首《くび》を傾《かし》げた。

私《わたし》が死《し》んだって……じゃあここに今立《いまた》ってる私《わたし》はなんだっていうの？

一瞬《いっしゅん》そう考《かんが》えたけど、とりあえず今《いま》はみんなと合流《ごうりゅう》することが先決《せんけつ》だ。

みんながいる五年二組《ごねんにくみ》の教室《きょうしつ》のほうを見《み》ると、私《わたし》を食《く》ったあの不気味《ぶきみ》な人形《にんぎょう》はいない。

どこにいるのかと疑問《ぎもん》に思《おも》ったけど、いないならいないで構《かま》わないし、今《いま》なら大丈夫《だいじょうぶ》程度《ていど》にしか思《おも》わずに、私《わたし》は教室《きょうしつ》に向《む》かって走《はし》った。

「う、嘘《うそ》だろ！　嘘《うそ》だろ！　春香《はるか》が死《し》んじまった！　それも頭《あたま》を食《く》われて！　なんでだよ！　あいつが何《なに》をしたっていうんだよ！」

教室《きょうしつ》に戻《もど》ると、太陽《たいよう》と冬菜《ふゆな》が涙《なみだ》を流《なが》して泣《な》き声《ごえ》を上《あ》げていた。

私《わたし》も人形《にんぎょう》に食《く》われたと思《おも》ったし、校内放送《こうないほうそう》でも死《し》んだって言《い》われたけど……だったら私《わたし》はなんだっていうの？

声《こえ》をかけられずに後《うし》ろの入《い》り口《ぐち》から教室《きょうしつ》に入《はい》った私《わたし》に気《き》づいたのは昴《すばる》。

特《とく》に驚《おどろ》きもせず、むしろ「やはり」と納得《なっとく》しているかのような表情《ひょうじょう》を向《む》けてため息《いき》をついたのだ。

「太陽《たいよう》くん、冬菜《ふゆな》さん。泣《な》かなくてもいいですよ。ほら、見《み》てください。春香《はるか》さんが戻《もど》って来《き》ましたから」

どうやら昴《すばる》は私《わたし》が死《し》んで、生《い》き返《かえ》ったことに関《かん》しても理解《りかい》しているようだった。

「昴《すばる》お前《まえ》！　こんなときに何《なに》わけのわからない冗談《じょうだん》を……って、えええええええっ!?」

ボロボロと涙《なみだ》を流《なが》しながら顔《かお》を上《あ》げた太陽《たいよう》が、怒《おこ》って昴《すばる》に近《ちか》づこうとしたが、途中《とちゅう》で私《わたし》に気《き》づいておかしな声《こえ》を上《あ》げた。

「は、春香《はるか》ちゃん……うわーん、春香《はるか》ちゃん！　よかった、よかったよ死《し》んでなかった！」

冬菜《ふゆな》も驚《おどろ》き、飛《と》び上《あ》がるようにして立《た》ち上《あ》がると、私《わたし》を見《み》てさらに涙《なみだ》を流《なが》した。

「やはり……そうですね。この世界《せかい》では死《し》んでも生《い》き返《かえ》る。僕《ぼく》も、春香《はるか》さんも一度《いちど》死《し》んだのだからそれは間違《まちが》いないです」

突然《とつぜん》の告白《こくはく》に、私《わたし》たちはさらに驚《おどろ》いた。

私《わたし》が死《し》んだのはわかるけど、昴《すばる》も死《し》んだ？

どうやら話《はなし》を聞《き》くと、私《わたし》たちより先《さき》にこの場所《ばしょ》にやって来《き》た昴《すばる》は、廊下《ろうか》の奥《おく》にある人形《にんぎょう》に気《き》づいたのだという。

最初《さいしょ》は気《き》にも留《と》めずにいたが、周囲《しゅうい》を確認《かくにん》するたびに人形《にんぎょう》が近《ちか》づいて来《き》ているのがわかり、不思議《ふしぎ》に思《おも》って人形《にんぎょう》に近《ちか》づいた。

そして、突然変化《とつぜんへんか》した人形《にんぎょう》に食《く》われてしまったようで、私《わたし》と同《おな》じように倉庫《そうこ》で目覚《めざ》めたらしい。

それから、なんとか人形《にんぎょう》を見《み》ないようにこの教室《きょうしつ》までやって来《き》て、これからどうするかを考《かんが》えていた……ということだ。

「信《しん》じられねえ……人《ひと》が死《し》んで、生《い》き返《かえ》るなんて信《しん》じられるかよ」

「でも、間違《まちが》いなく春香《はるか》ちゃんは私《わたし》たちの目《め》の前《まえ》で食《た》べられたんだよ。でも、今《いま》こうしてここにいる」

「確《たし》かに……話《はなし》の内容《ないよう》におかしな部分《ぶぶん》はないし、ついさっきまで話《はな》してた内容《ないよう》も合《あ》ってる。一体何《いったいなん》なんだよ、この世界《せかい》は。俺《おれ》たちを何度《なんど》も何度《なんど》も殺《ころ》す処刑場《しょけいじょう》ってことか!?」

太陽《たいよう》と冬菜《ふゆな》、二人《ふたり》が不安《ふあん》そうに話《はな》しているが、死《し》んだ私《わたし》や昴《すばる》にもわかるはずがない。

この身体《からだ》は間違《まちが》いなく私自身《わたしじしん》で、誰《だれ》かが操《あやつ》っているわけでもないし、幽霊《ゆうれい》というわけでもなさそうだ。

「何度《なんど》も殺《ころ》すというのはあながち間違《まちが》っていないかもしれません。恐《おそ》らく、先《さき》にこの世界《せかい》に連《つ》れて来《こ》られた川端先生《かわばたせんせい》やヒナコさんも、何度《なんど》かは死《し》んでいるはずです」

昴《すばる》のその話《はなし》に少《すこ》しゾッとする。

人形《にんぎょう》に食《く》われたとき、頭《あたま》がおかしくなりそうなほどの激痛《げきつう》が全身《ぜんしん》を駆《か》け巡《めぐ》った。二度《にど》とあんな苦痛《くつう》を味《あじ》わいたくないのに、それを何度《なんど》もだなんて、考《かんが》えるだけで身震《みぶる》いしてしまう。

「待《ま》てよ？　だったらここで待《ま》ってたら、先生《せんせい》やヒナコが戻《もど》ってくるんじゃないか？　今《いま》、春香《はるか》が死《し》んだって校内放送《こうないほうそう》も流《なが》れたわけだしさ。そうじゃなくても、誰《だれ》かが死《し》んだらわかるわけだ。俺《おれ》、やけに冴《さ》えてるな」

太陽《たいよう》が思《おも》いついたようにそう言《い》ったが、昴《すばる》の表情《ひょうじょう》は明《あか》るくはならない。

「それはどうですかね。僕《ぼく》と春香《はるか》さんが死《し》んで校内放送《こうないほうそう》が流《なが》れたのに、誰《だれ》もここにやってくる気配《けはい》がありません。つまり……そもそも他《ほか》の場所《ばしょ》にいる人《ひと》には校内放送《こうないほうそう》が聞《き》こえていないか、それとも戻《もど》って来《こ》られるほどの余裕《よゆう》がないか。それか……」

何《なに》やら含《ふく》みのある言《い》い方《かた》で、昴《すばる》が何《なに》を言《い》わんとしているかがわからない。

「それか……どうしたの？　昴《すばる》くんは何《なに》かを知《し》ってるの？」

冬菜《ふゆな》が尋《たず》ねると昴《すばる》はため息《いき》をついて、隠《かく》していた左手《ひだりて》を私《わたし》たちの前《まえ》に出《だ》した。

それは黒《くろ》い。

それは奇妙《きみょう》な形《かたち》。

それは……まるで悪魔《あくま》の手《て》のようで、とても人間《にんげん》のものとは思《おも》えなかった。

「死《し》ぬと生《い》き返《かえ》りますが、身体《からだ》が少《すこ》しずつ黒《くろ》くなっていくんです。死《し》にすぎると悪魔《あくま》になってしまうのではないかと」

その言葉《ことば》に驚《おどろ》き、私《わたし》も自分《じぶん》の両手《りょうて》を確認《かくにん》する。

何《なに》も変《か》わっていないと安心《あんしん》したが、視線《しせん》を足元《あしもと》に落《お》とすと、右足《みぎあし》の靴下《くつした》の中《なか》が黒《くろ》く変《へん》色《しょく》しているように見《み》えて、慌《あわ》てて確認《かくにん》すると、そこが変化《へんか》していたのだった。

「マジ……か。つまりなんだ？　死《し》ねば死《し》ぬほど、どんどん悪魔《あくま》になっていくってことか？　いやいや、なんのためだよ！　別《べつ》に悪魔《あくま》になんてならなくてもいいだろ!?」

「忘《わす》れたのですか太陽《たいよう》くん。僕《ぼく》たちは、鏡《かがみ》の中《なか》の自分《じぶん》……鏡《かがみ》の中《なか》の悪魔《あくま》と入《い》れ替《か》わりになったんですよ。これは推測《すいそく》にすぎませんが、僕《ぼく》たちがこちらで死《し》ぬほど、元《もと》の世界《せかい》の悪《あく》魔《ま》は人間《にんげん》になっていく。僕《ぼく》たちが完全《かんぜん》に悪魔《あくま》になったとき、入《い》れ替《か》わりが完了《かんりょう》するのではないかと思《おも》っているんですよ」

推測《すいそく》……と言《い》うには、随分《ずいぶん》と説得力《せっとくりょく》のあるものだった。

昴《すばる》の手《て》が、私《わたし》の足《あし》が悪魔《あくま》に変《か》わりつつあるということが、その話《はなし》に信憑性《しんぴょうせい》を持《も》たせて

いるのだ。

その仮定《かてい》の話《はなし》に、みんな黙《だま》ってしまったが、それぞれ思《おも》うところがあるのだろう。

友達《ともだち》だったのに、死《し》んでしまって悪魔《あくま》に身体《からだ》を侵食《しんしょく》されてしまった。

この姿《すがた》を見《み》て、太陽《たいよう》と冬菜《ふゆな》は何《なに》を感《かん》じたのか。

そんな不安《ふあん》を抱《いだ》いていたときに、太陽《たいよう》が満面《まんめん》の笑《え》みを浮《う》かべた。

「そうか、だったらよかったぜ。川端先生《かわばたせんせい》も、ヒナコも悪魔《あくま》になってたってことは、まだ完全《かんぜん》に入《い》れ替《か》わってねえってことだよな？　つまり、まだこっちで悪魔《あくま》にならずに生《い》きてるってことだ。だったら早《はや》く合流《ごうりゅう》して、元《もと》の世界《せかい》に戻《もど》る方法《ほうほう》を探《さが》そうぜ」

その言葉《ことば》に、私《わたし》はどれだけ救《すく》われただろう。

悪魔《あくま》になりつつあるから避《さ》けるわけではなく、まだ悪魔《あくま》じゃないから大丈夫《だいじょうぶ》と言《い》ってくれたのだから。

「も、元《もと》の世界《せかい》に戻《もど》るって。どうやって戻《もど》るのよ。そもそも戻《もど》れるかどうかもわからないのに」

嬉《うれ》しかったけど、ついいつもの癖《くせ》で小《こ》バカにしたような言《い》い方《かた》をしてしまった。

「……悪魔《あくま》が僕《ぼく》たちの世界《せかい》にやってくる手段《しゅだん》が『呪《のろ》いの大鏡《おおかがみ》』だとするなら、僕《ぼく》たちも帰《かえ》れる可能性《かのうせい》があるということですかね。ただ、三階倉庫《さんかいそうこ》にはありませんでした。『呪《のろ》いの大鏡《おおかがみ》』を探《さが》せば、元《もと》の世界《せかい》に戻《もど》れるかもしれない……ということですね」

太陽《たいよう》の言葉《ことば》に付《つ》け足《た》すように、昴《すばる》が詳《くわ》しい解説《かいせつ》をしてくれたから助《たす》かる。

「川端先生《かわばたせんせい》やヒナコちゃんも、もしかしたらそう思《おも》って行動《こうどう》してるのかも。だったら、私《わたし》たちも『呪《のろ》いの大鏡《おおかがみ》』を探《さが》すために動《うご》こう。死《し》んで悪魔《あくま》になっちゃう前《まえ》に」

冬菜《ふゆな》がまとめてくれて、みんなの中《なか》にある種《しゅ》の決意《けつい》が生《う》まれたのがわかる。

物凄《ものすご》く怖《こわ》いし、どうしてこんなことをしなければならないのかと絶望《ぜつぼう》しそうになるけど、動《うご》かなければ永遠《えいえん》に元《もと》の世界《せかい》に戻《もど》ることは叶《かな》わない。

それがみんなわかっていたんだと思《おも》う。

「じゃ、じゃあ……あの人形《にんぎょう》をどうにかしないとね。視界《しかい》から外《はず》したら近寄《ちかよ》ってくるとか……ずっと見《み》てなきゃならないってことなの？」

私《わたし》の言葉《ことば》にみんなは考《かんが》えこむ。

この場《ば》に、あの人形《にんぎょう》のことを詳《くわ》しく知《し》っている人《ひと》はいないだろうから、無理《むり》もないことだけど。

「別《べつ》に無視《むし》すればいいんじゃねぇの？　とりあえず俺《おれ》たちの教室《きょうしつ》に行《い》こうって思《おも》っただけで、何《なに》も人形《にんぎょう》があるほうに行《い》く必要《ひつよう》はないんじゃないか？　ほら、反対側《はんたいがわ》にも階段《かいだん》があるし」

その中《なか》でも深《ふか》くは考《かんが》えていなかった様子《ようす》の太陽《たいよう》が首《くび》を傾《かし》げて、倉庫側《そうこがわ》を指差《ゆびさ》してそう言《い》った。

「確《たし》かに、外《そと》に出《で》るのが目的《もくてき》ならそれでもいいでしょうね。ですが我々《われわれ》の目的《もくてき》は『呪《のろ》いの大鏡《おおかがみ》』を探《さが》して元《もと》の世界《せかい》に戻《もど》ることです。つまり、『呪《のろ》いの大鏡《おおかがみ》』が仮《かり》に音楽室《おんがくしつ》にあったとしたら、どうあってもあの人形《にんぎょう》をどうにかしなければなりません」

「そう考《かんが》えると、まず他《ほか》の教室《きょうしつ》も見《み》て回《まわ》らないとダメだね。大《おお》きな鏡《かがみ》だから、見《み》ただけであるかないかは判断出来《はんだんでき》そうだけど」

こんな状況《じょうきょう》でもしっかり考《かんが》えられる昴《すばる》と冬菜《ふゆな》は頼《たの》もしく感《かん》じる。

私《わたし》はというと……食《く》われたときの恐怖《きょうふ》が脳裏《のうり》を過《よぎ》り、ただ身震《みぶる》いをするだけだ。

建設的《けんせつてき》な意見《いけん》を言《い》えるわけでもなく、誰《だれ》かが言《い》った提案《ていあん》を実行《じっこう》するか断《ことわ》るかだけ。

それが楽《らく》だと思《おも》えたし、私《わたし》が考《かんが》えるよりも確実《かくじつ》だと思《おも》ったから。

だけど、今《いま》はそうも言《い》ってられないときなのだろう。

誰《だれ》もこの場所《ばしょ》に関《かん》する知識《ちしき》がなく、どうすればいいかがわかっていない。

だから私《わたし》も必死《ひっし》に考《かんが》えるしかないのだ。

「では、とりあえず二手《ふたて》に分《わ》かれましょうか。僕《ぼく》と太陽《たいよう》くんが、なんとかあの人形《にんぎょう》を避《さ》けて左側《ひだりがわ》を調《しら》べますから、春香《はるか》さんと冬菜《ふゆな》さんは倉庫側《そうこがわ》を調《しら》べてください。この階《かい》になければ別《べつ》の階《かい》を調《しら》べましょう。一旦《いったん》、終《お》わったら……」

そう昴《すばる》がこれからの行動《こうどう》を説明《せつめい》していたときだった。

「ひっ！」

冬菜《ふゆな》のその声《こえ》に驚《おどろ》き、慌《あわ》てて振《ふ》り返《かえ》った私《わたし》は……それを見《み》てしまった。

教室《きょうしつ》の入《い》り口《ぐち》。

いつの間《ま》にかそこには日本人形《にほんにんぎょう》がいた。

私《わたし》だけではなく、太陽《たいよう》も昴《すばる》も驚《おどろ》いたようで、机《つくえ》を倒《たお》しながら後方《こうほう》に下《さ》がったのだ。

なぜ、それがここにいるのかがわからない。

私《わたし》を殺《ころ》したあと、そのまま廊下《ろうか》で待《ま》っていたのか。

いや、それは違《ちが》う。

だって私《わたし》が殺《ころ》されて、もう一度《いちど》この教室《きょうしつ》に来《き》たときには廊下《ろうか》に何《なに》もいなかったのだから。

「お、おいっ！　な、なんでこいつがここにいるんだよ！　しかも、少《すこ》し大《おお》きくなってないか⁉」

「ぼ、僕《ぼく》にだってわかりませんよ！　想像《そうぞう》していた条件《じょうけん》とは違《ちが》うということですか⁉」

廊下《ろうか》にいたときよりも大《おお》きくなっているその姿《すがた》、そして突然《とつぜん》そこに現《あらわ》れたという事実《じじつ》に、混乱《こんらん》と恐怖《きょうふ》が背後《はいご》から抱《だ》きついてくるような感覚《かんかく》さえある。

私《わたし》を殺《ころ》したときよりは小《ちい》さいが、それでも一《いち》メートルほどの大《おお》きさになって、次《つぎ》の行動《こうどう》を待《ま》っているように思《おも》えた。

「どど、どうする、どうするんだこれ！　ヤバいだろ、絶対《ぜったい》にヤバいだろ！」

あの怖《こわ》いもの知《し》らずの太陽《たいよう》が焦《あせ》り、尻《しり》もちをついて机《つくえ》や椅子《いす》を押《お》し退《の》けて後退《こうたい》している。

つい数秒前《すうびょうまえ》まで、いつもの教室《きょうしつ》にいるような雰囲気《ふんいき》だったけど、どうして忘《わす》れていたのだろう。

ここが怨念《おんねん》が渦巻《うずま》く鏡《かがみ》の中《なか》の世界《せかい》で、決《けっ》して安心《あんしん》など出来《でき》る場所《ばしょ》ではないということを。入《い》り口《ぐち》に人形《にんぎょう》が現《あらわ》れて一気《いっき》に空気《くうき》が凍《こお》りついたと感《かん》じたけれど、私《わたし》たちは友達《ともだち》と一緒《いっしょ》にいることで、それを感《かん》じないようにしていただけだったんだ。

「み、みんな、逃《に》げ……」

そこまで私《わたし》が声《こえ》を出《だ》したとき、昴《すばる》が割《わ》って入《はい》るように声《こえ》を上《あ》げる。

「待《ま》ってください！　決《けっ》して背中《せなか》を見《み》せずに、人形《にんぎょう》から目《め》を離《はな》さずにゆっくりです！」

この気味《きみ》の悪《わる》い人形《にんぎょう》から目《め》を離《はな》すなと、昴《すばる》は言《い》うのだ。

顔《かお》は割《わ》れ、怪物《かいぶつ》の肉《にく》のようなものが見《み》えていて、視界《しかい》に入《はい》るだけでも気分《きぶん》が悪《わる》くなる。

気持《きも》ち悪《わる》くなって目《め》を逸《そ》らしてしまったら、この人形《にんぎょう》が迫《せま》ってくるのはズルい。

ゆっくりと、後《うし》ろ向《む》きに教室《きょうしつ》から出《で》て、時間稼《じかんかせ》ぎとばかりにドアを閉《し》めたそのときだった。

全員《ぜんいん》の視界《しかい》から外《はず》れた瞬間《しゅんかん》を狙《ねら》ったのだろう。

バンッとドアに体当《たいあ》たりするように張《は》りついて、ガラス部分《ぶぶん》からその醜悪《しゅうあく》で恐《おそ》ろしい大《おお》口《ぐち》が、廊下《ろうか》に逃《に》げた私《わたし》たちの前《まえ》に現《あらわ》れたのだ。

しかし、私《わたし》たちの視線《しせん》が異形《いぎょう》に向《む》けられたと同時《どうじ》に、その動《うご》きは止《と》まった。

薄《うす》いドア一枚《いちまい》。

それが私《わたし》たちの生《せい》と死《し》を分《わ》けたのだろうということは、まだ誰《だれ》も食《た》べられていないことからわかる。

「ど、どうする！　このまま予定通《よていどお》り分《わ》かれて調《しら》べるのか、それとも一緒《いっしょ》に調《しら》べるのか！　どうすりゃいいんだよ！」

目《め》の前《まえ》に恐《おそ》ろしい怪物《かいぶつ》がいる状況《じょうきょう》でも、判断《はんだん》してくれる大人《おとな》などいない。

私《わたし》たちがすべて自分《じぶん》で決《き》めて、失敗《しっぱい》したときの責任《せきにん》は死《し》をもって果《は》たさなければならないのだ。

そんな決断《けつだん》を誰《だれ》が下《くだ》せるのか……と言《い》っても、私《わたし》たちがこういうときに頼《たよ》るのは太陽《たいよう》か昴《すばる》なのだけど、太陽《たいよう》がパニックになっているから昴《すばる》しかいない。

「そ、そんな……い、いや、予定《よてい》は変《か》えません！　太陽《たいよう》くんと僕《ぼく》はここから音楽室側《おんがくしつがわ》を、春香《はるか》さんと冬菜《ふゆな》さんは倉庫側《そうこがわ》を調《しら》べます！」

「そ、それはいいけど、みんな離《はな》れたらまた動《うご》き出《だ》すんじゃないの？　誰《だれ》かがこの人形《にんぎょう》の怪物《かいぶつ》を見《み》てなきゃ」

昴《すばる》の気持《きも》ちもわかるけど、冬菜《ふゆな》が言《い》うことも正《ただ》しい。

全員《ぜんいん》が視線《しせん》を逸《そ》らしてしまえば、次《つぎ》の瞬間《しゅんかん》誰《だれ》かが食《く》われてしまう危険性《きけんせい》があるのだから。

とはいえ、こんな怪物《かいぶつ》を見続《みつづ》けるなんて嫌《いや》だし、私《わたし》は一度《いちど》食《た》べられているから他《ほか》の人《ひと》にやってほしかった。

当然《とうぜん》、それはここにいる全員《ぜんいん》がやりたいなどとは思《おも》っていなかっただろう。

「よ、よし……じゃあ、せーので分《わ》かれようぜ。こいつが来《き》たほうは運《うん》が悪《わる》かったと思《おも》ってどうにかすること。わかったな？」

誰《だれ》が聞《き》いても合理的《ごうりてき》ではないこの意見《いけん》に、なぜか誰《だれ》も反対意見《はんたいいけん》を言《い》わない。

わかっているんだ。

誰《だれ》かが見続《みつづ》けていなければならないし、その間《あいだ》に探《さが》せば安全《あんぜん》だってことくらい。

だけど、その見続《みつづ》ける役《やく》になったら嫌《いや》だから、誰《だれ》も反対《はんたい》しなかったんだ。

「う、恨《うら》みっこなしだからね。私《わたし》と冬菜《ふゆな》は倉庫側《そうこがわ》……じゅ、準備《じゅんび》はいい!?」

「い、いや、やっぱりダメですよ！　こんなやり方《かた》は遺恨《いこん》を残《のこ》します！　それなら誰《だれ》か一《ひと》人《り》が……」

冬菜《ふゆな》の手《て》を取《と》り、走《はし》る用意《ようい》が出来《でき》た私《わたし》の耳《みみ》に、昴《すばる》の戸惑《とまど》う声《こえ》が聞《き》こえたが、その意見《いけん》は無視《むし》されて太陽《たいよう》の声《こえ》が廊下《ろうか》に響《ひび》いた。

「行《い》くぞ！　せーのっ！」

その声《こえ》と共《とも》に、私《わたし》と冬菜《ふゆな》は倉庫《そうこ》のほうへ、太陽《たいよう》は音楽室《おんがくしつ》のほうへと走《はし》り出《だ》したが、出遅《でおく》れたのは昴《すばる》。

「え、え!?　そ、そんな……う、うわっ！」

一人《ひとり》、五年二組《ごねんにくみ》の教室《きょうしつ》の前《まえ》に取《と》り残《のこ》される形《かたち》になり、もうそこから動《うご》き出《だ》すのは不可能《ふかのう》な状況《じょうきょう》に陥《おちい》った。

「は、春香《はるか》ちゃん！　昴《すばる》くんが！」

「う、恨《うら》みっこなしって太陽《たいよう》が言《い》ってたでしょ！　逃《に》げ遅《おく》れてたら、私《わたし》たちが身動《みうご》き取《と》れなくなってたかもしれなかったじゃない！」

心《こころ》の中《なか》でごめんなさいと唱《とな》えると同時《どうじ》に、私《わたし》が追《お》われなくてよかったと思《おも》う自分《じぶん》が少《すこ》し嫌《いや》になった。

廊下《ろうか》の一番奥《いちばんおく》。

習字室《しゅうじしつ》に入《はい》り、ドアを閉《し》めて乱《みだ》れた呼吸《こきゅう》を整《ととの》える。

「はぁ……はぁ……本当《ほんとう》に、何《なん》なんだろうねあれ。どうして日本人形《にほんにんぎょう》が私《わたし》たちを食《た》べようとするのよ」

とてつもない恐怖《きょうふ》や不安《ふあん》に襲《おそ》われたとき、人《ひと》は呼吸《こきゅう》が荒《あら》くなる。

それに加《くわ》えて走《はし》っているのだから、呼吸《こきゅう》が乱《みだ》れないはずがない。

そんな中《なか》で、不安《ふあん》を振《ふ》り払《はら》うようにつぶやいた私《わたし》に、冬菜《ふゆな》は不機嫌《ふきげん》そうな顔《かお》を向《む》けたのだ。

「ひどいよ春香《はるか》ちゃん！　昴《すばる》くんはダメだって言《い》ってたのに走《はし》り出《だ》すなんて！　あれじゃあ昴《すばる》くんを生贄《いけにえ》にしたのと同《おな》じだよ！」

「だ、だって……太陽《たいよう》がせーのって言《い》うから……私《わたし》だって一度《いちど》食《た》べられてるし、もう食《た》べられたくないし……」

悪《わる》いとは思《おも》ったけど、置《お》き去《ざ》りにされたくないという気持《きも》ちが強《つよ》くて、私《わたし》じゃない誰《だれ》かが追《お》われてほしいなんて考《かんが》えていたかもしれない。

「だったら太陽《たいよう》くんだけ調《しら》べに行《い》かせて、私《わたし》たち三人《さんにん》で人形《にんぎょう》を見《み》てればよかったんだよ！　それだったら……」

いつになく冬菜《ふゆな》が怒《おこ》るなと、身《み》を小《ちい》さくして聞《き》いていたときだった。

冬菜《ふゆな》が習字室《しゅうじしつ》の中《なか》を見《み》て、何《なに》かを指差《ゆびさ》したのだ。

「あれ……」

その声《こえ》を聞《き》き、冬菜《ふゆな》が指《さ》し示《しめ》す方向《ほうこう》に顔《かお》を向《む》けると……そこにあったのはガラスケース。

それも、表面《ひょうめん》に御札《おふだ》がビッシリと貼《は》られた気味《きみ》の悪《わる》いものだった。

ついでに室内《しつない》を見回《みまわ》すけど、「呪《のろ》いの大鏡《おおかがみ》」はないようだ。

暗《くら》いはずなのに、どこに何《なに》があるかがわかるというのは不思議《ふしぎ》な感《かん》じだ。

まあ、そのおかげでガラスケースにも気《き》づいたのだけど。

「何《なに》あれ……なんか、おばあちゃんの家《いえ》にある人形《にんぎょう》のケースもあんな感《かん》じだったけど」

さすがに御札《おふだ》は貼《は》られていなかったけど、それと同《おな》じように見《み》える。

「ん……ガラスケース。ねえ、春香《はるか》ちゃん。もしかしたらあの人形《にんぎょう》……このケースから出《で》たから私《わたし》たちを襲《おそ》ってるんじゃないの？」

今《いま》まで怒《おこ》っていた冬菜《ふゆな》だったが、その答《こた》えに辿《たど》り着《つ》いたと同時《どうじ》に、私《わたし》の顔《かお》を見《み》てガラスケースに駆《か》け寄《よ》った。

幅三十《はばさんじっ》センチで高《たか》さが五十《ごじっ》センチほどの結構大《けっこうおお》きなガラスケースだ。

私《わたし》も冬菜《ふゆな》に続《つづ》いてそれに近《ちか》づいたけど、どう見《み》てもあの大《おお》きな怪物《かいぶつ》に被《かぶ》せられるとは思《おも》えない。

頭《あたま》から被《かぶ》せたらどうにかなるのだろうか。

「じゃあ、このケースの中《なか》に入《い》れたらもう襲《おそ》って来《こ》なくなるってこと？　というか、誰《だれ》がこのケースから出《だ》したのよ」

そこまで言《い》って、私《わたし》は自分《じぶん》の足《あし》を見《み》た。

一度殺《いちどころ》されて、悪魔《あくま》になりつつある足《あし》。

恐《おそ》らくあの場所《ばしょ》に日本人形《にほんにんぎょう》を置《お》いて、ケースから出《だ》したのは鏡《かがみ》の中《なか》の悪魔《あくま》の仕業《しわざ》なのだろう。

何度《なんど》も私《わたし》たちを殺《ころ》して、完全《かんぜん》に入《い》れ替《か》わるための罠《わな》なのだ。

「悪魔《あくま》……だろうね。それとほら、この御札《おふだ》を見《み》て。文字《もじ》が反転《はんてん》してないよ」

「つまり……これは元《もと》の世界《せかい》から持《も》って来《き》たものってこと!? 元《もと》の世界《せかい》にこんなヤバいものがあったの!?」

「私《わたし》、入学《にゅうがく》したときにお姉《ねえ》ちゃんに聞《き》いたことがあるんだ。四季小七不思議《しきしょうななふしぎ》に『だるまさんがころんだをする日本人形《にほんにんぎょう》』があるって。でも何年《なんねん》も前《まえ》から聞《き》かなくなって、日本人《にほんにん》形《ぎょう》がなくなったから大丈夫《だいじょうぶ》ってお姉《ねえ》ちゃんは言《い》ってたけど……もしかして」

いや、もしかしなくてもそれはきっとあの人形《にんぎょう》だろうと思《おも》う。

日本人形《にほんにんぎょう》がなくなったというのは、この鏡《かがみ》の世界《せかい》に持《も》ち込《こ》まれたからだろう。

「もしかしたら、元《もと》の世界《せかい》にいたときはもっと大人《おとな》しかったのかもしれないね。鏡《かがみ》の世界《せかい》の空気《くうき》は……その……なんて言《い》うか、悪意《あくい》に満《み》ちてるって言《い》うの？ 強《つよ》い念《ねん》が渦巻《うずま》いてるって意味《いみ》がわかるくらいだから」

最初《さいしょ》は大《たい》した力《ちから》はなかったのだろうけど、悪霊《あくりょう》や怨念《おんねん》が入《はい》り込《こ》んで今《いま》の形《かたち》になったのではないかと想像《そうぞう》する。

せき止《と》められていた水《みず》が流《なが》れ出《だ》すように、一《ひと》つのことを理解《りかい》すると同時《どうじ》に、次々《つぎつぎ》とそれに付随《ふずい》することがわかり始《はじ》めたのだ。

いや、たとえ違《ちが》うと言《い》われたとしても、この空間《くうかん》の恐《おそ》ろしさはそうとしか思《おも》えない説得《せっとく》力《りょく》のようなものがあるのだ。

「じゃ、じゃあ、このガラスケースを持《も》って行《い》くよ。それで、六年生《ろくねんせい》の教室《きょうしつ》を調《しら》べて、一《いち》応倉庫《おうそうこ》も調《しら》べて、それからトイレの奥《おく》を見《み》たら昴《すばる》のところに戻《もど》る。いい？」

私《わたし》がそう言《い》うと、冬菜《ふゆな》は小《ちい》さく頷《うなず》いてガラスケースを持《も》ち上《あ》げた。

何《なに》かおかしなことが起《お》こるかなと思《おも》ったけど、特《とく》に何《なに》もない。

御札《おふだ》が貼《は》られているから変《へん》なことは起《お》きないのかもしれない。

教室《きょうしつ》の入《い》り口《ぐち》に向《む》かい、ドアを開《あ》けると、廊下《ろうか》で震《ふる》えている昴《すばる》の姿《すがた》が見《み》えた。

「昴《すばる》！　すぐに行《い》くから待《ま》ってて！　その人形《にんぎょう》をどうにかする方法《ほうほう》を見《み》つけたから！」

「ほ、ほほほほ、本当《ほんとう》ですか!?　は、早《はや》くしてください！」

もう限界《げんかい》が近《ちか》いのだろう。

ただ見《み》ていればいいと言《い》うのは簡単《かんたん》だけど、異形《いぎょう》の化《ば》け物《もの》から目《め》を逸《そ》らしてはいけないというのは精神的《せいしんてき》に来《く》るはずだ。

私《わたし》なら……多分《たぶん》、すぐにその場《ば》から逃《に》げ出《だ》そうとして食《た》べられているだろう。

それを考《かんが》えると昴《すばる》は凄《すご》いと思《おも》う。

廊下《ろうか》を移動《いどう》しながら、教室《きょうしつ》の中《なか》を確認《かくにん》する。

「呪《のろ》いの大鏡《おおかがみ》」を確認《かくにん》するだけだから時間《じかん》はかからない。

そう……思《おも》ったときだった。

「そ、そんな……や、やめ……ひぎゃっ！」

バキバキ、グチャグチャという、骨《ほね》と肉《にく》を噛《か》み砕《くだ》く音《おと》が廊下《ろうか》に響《ひび》き、私《わたし》と冬菜《ふゆな》は慌《あわ》てて教室《きょうしつ》の中《なか》に入《はい》って身《み》を屈《かが》めた。

『秋本昴《あきもとすばる》さんが死《し》にました。最初《さいしょ》からスタートです』

あの、生気《せいき》のない奇妙《きみょう》な校内放送《こうないほうそう》が流《なが》れ、私《わたし》と冬菜《ふゆな》は恐怖《きょうふ》に身《み》をすくませた。

ほんの数秒前《すうびょうまえ》、生《い》きていることを確認《かくにん》したたし、本当《ほんとう》にあと少《すこ》しだけ待《ま》ってくれれば合流出来《ごうりゅうでき》たというのに。

わずかな油断《ゆだん》が死《し》を招《まね》くのか、それともあの状況《じょうきょう》に耐《た》えきれなくなって逃《に》げ出《だ》そうとしてしまったのか。

どちらにしても、昴《すばる》が死《し》んだという事実《じじつ》は変《か》わらない。

「ど、どどど、どうする！　どうする冬菜《ふゆな》！」

「どうするって言《い》ったって……どっちにしても、これをあの人形《にんぎょう》に被《かぶ》せなきゃならないなら、廊下《ろうか》に出《で》るしかないと思《おも》うんだけど」

「そ、そっか。じゃあ出《で》るよ。せーので行《い》くからね。せーのっ……」

意《い》を決《けっ》してそう言《い》って、振《ふ》り返《かえ》りドアを開《あ》けようとしたときだった。

ガラッ！　と、目《め》の前《まえ》のドアが勢《いきお》いよく開《ひら》き、怒《いか》りに満《み》ちた顔《かお》に私《わたし》は睨《にら》みつけられたのだ。

「ひ、ひっ！」

それに驚《おどろ》き、尻《しり》もちをついた……が、それが怒《おこ》っている昴《すばる》だということがわかった。

「どうしてすぐに来《き》てくれなかったのですか!?　おかげで僕《ぼく》は二度《にど》死《し》んだんですよ！　どうして僕《ぼく》だけがこんな目《め》に！」

怒《いか》りに身《み》を任《まか》せて怒《ど》鳴《な》り散《ち》らす昴《すばる》を初《はじ》めて見《み》る。

それほど絶望《ぜつぼう》したのだろう。

それほど憎《にく》く思《おも》っているのだろう。

仲間同士《なかまどうし》で争《あらそ》っている場合《ばあい》ではないのに、どうしても罪《つみ》のなすりつけ合《あ》いになってしまう。

「ま、待《ま》って待《ま》って昴《すばる》くん！　これを見《み》て！　習字室《しゅうじしつ》にあったの」

「何《なに》を……ガラスケース？　御札《おふだ》も貼《は》られている。いかにもといった感《かん》じですが」

冬菜《ふゆな》が間《あいだ》に入《はい》ってくれて、なんとか昴《すばる》の顔《かお》の怒《いか》りが和《やわ》らいだように見《み》えた。

二度死《にどし》に、悪魔《あくま》の侵食《しんしょく》が進《すす》んでいるのが昴《すばる》らしくない怒《いか》りの原因《げんいん》なのだろうか。

いや、あれは純粋《じゅんすい》に私《わたし》たちに向《む》けられた怒《いか》りなのかもしれないな。

私《わたし》と冬菜《ふゆな》は、自分《じぶん》たちの考《かんが》えを昴《すばる》に話《はな》した。

人形《にんぎょう》に被《かぶ》せることで封印《ふういん》が施《ほどこ》されるというのは、実《じつ》に都合《つごう》のいい話《はなし》ではないかと私自身《わたしじしん》も思《おも》ったけど、昴《すばる》はそんなことは言《い》わずに聞《き》いてくれている。

「なるほど、音楽室《おんがくしつ》の前《まえ》に置《お》かれた日本人形《にほんにんぎょう》に、習字室《しゅうじしつ》に置《お》かれたガラスケース。そして、いつのころからか聞《き》かなくなった『だるまさんがころんだをする日本人形《にほんにんぎょう》』という七不思議《ななふしぎ》……ですか。だったらやるしかないですね」

思《おも》ったよりもあっさりと納得《なっとく》してくれたようで、私《わたし》と冬菜《ふゆな》は顔《かお》を見合《みあ》わせて安堵《あんど》の吐息《といき》を漏《も》らした。

「し、信《しん》じてくれるんだ。あ、ご、ごめんね。なんか昴《すばる》を見捨《みす》てるみたいな感《かん》じになっちゃって」

「可能性《かのうせい》があるなら、なんだってやってみるべきです。そうでなければ、この先《さき》ずっとあの人形《にんぎょう》から目《め》を離《はな》せなくなりますから。誰《だれ》か一人《ひとり》が永遠《えいえん》に見続《みつづ》ける……なんてことにもなりかねないですからね」

その言葉《ことば》に安心《あんしん》した私《わたし》はホッとため息《いき》をついたが……昴《すばる》は追《お》い打《う》ちをかけるように、冷《つめ》たく言《い》い放《はな》った。

「ですが勘違《かんちが》いしないでください。謝《あやま》られても、僕《ぼく》は許《ゆる》したわけじゃありません。いずれみんなには罪《つみ》を償《つぐな》ってもらいますから。ただで済《す》むとは思《おも》わないでください」

やはり怒《おこ》っているのは変《か》わらなかった。

表情《ひょうじょう》には出《だ》さなかっただけで、内側《うちがわ》にはドロドロとした憎《にく》しみがあるのだろう。

その怨念《おんねん》に触《ふ》れて、私《わたし》は恐《おそ》ろしさを感《かん》じた。

「それはさておき……対策《たいさく》があるならば廊下《ろうか》に出《で》ましょう。習字室《しゅうじしつ》から六年生《ろくねんせい》の教室《きょうしつ》までは『呪《のろ》いの大鏡《おおかがみ》』はなかった。あとは倉庫《そうこ》とトイレを調《しら》べれば、春香《はるか》さんたちのノルマは達成《たっせい》するわけですが……」

そこまで言《い》って、昴《すばる》が廊下《ろうか》に出《で》ようとしたとき、廊下《ろうか》の奥《おく》のほうから悲鳴《ひめい》にも似《に》た声《こえ》が聞《き》こえた。

「お、おい！　誰《だれ》か助《たす》けてくれ！　ヤバい、ヤバいって！　食《く》われるって！」

太陽《たいよう》の声《こえ》が廊下《ろうか》に響《ひび》く。

その声《こえ》に驚《おどろ》き、慌《あわ》てて廊下《ろうか》に出《で》た私《わたし》たちは、追《お》いつめられた太陽《たいよう》の姿《すがた》を見《み》たのだ。

手洗《てあら》い場《ば》を背《せ》に、今《いま》にも噛《か》みつこうとしている人形《にんぎょう》に迫《せま》られている太陽《たいよう》。

そのまま横《よこ》に移動《いどう》すれば逃《に》げられそうと思《おも》ったが、あの状態《じょうたい》ではその答《こた》えに辿《たど》り着《つ》くことも出来《でき》ないのだろう。

だけどこれはチャンスだ。

私《わたし》は問答無用《もんどうむよう》で食《た》べられたけど、太陽《たいよう》は少《すこ》し離《はな》れているからか、まだ食《た》べられていない。

そしてあの距離《きょり》なら、視界《しかい》から外《はず》すことが逆《ぎゃく》に困難《こんなん》だろうから。

「待《ま》ってて太陽《たいよう》くん！　これを被《かぶ》せたら……」

悲鳴《ひめい》を上《あ》げる太陽《たいよう》に近《ちか》づき、その前《まえ》で動《うご》きを止《と》める怪物《かいぶつ》の頭《あたま》に、そっと冬菜《ふゆな》がガラスケースを被《かぶ》せた。

もしも私《わたし》たちの考《かんが》えが合《あ》っているなら、これで大丈夫《だいじょうぶ》なはずだけど……

「本当《ほんとう》にこれでいいんですか？　僕《ぼく》の想像《そうぞう》だと、もっとこう……人形《にんぎょう》が小《ちい》さくなっていくのかと思《おも》ったんですが」

「そ、そんなの私《わたし》もわからないっての。説明書《せつめいしょ》も何《なに》もなかったんだから。太陽《たいよう》もいつまでもそんなところにいないで、横《よこ》に移動《いどう》すればいいでしょ」

これでいいかどうかなんて、実際《じっさい》にみんなが視界《しかい》から怪物《かいぶつ》を外《はず》してみるしかない。

横一列《よこいちれつ》に並《なら》んだ私《わたし》たちの前《まえ》で、御札《おふだ》の貼《は》られたガラスケースを被《かぶ》る怪物《かいぶつ》という実《じつ》に奇《き》妙《みょう》な光景《こうけい》だ。

「仕方《しかた》ない。確《たし》かめるしかないですね。みなさん、もう少《すこ》し下《さ》がって。目《め》を閉《と》じてください。僕《ぼく》がほんの一瞬《いっしゅん》だけ視界《しかい》からこいつを外《はず》します。それで動《うご》かなければ……成功《せいこう》です」

昴《すばる》はそう言《い》ったけど、私《わたし》はさっきの言葉《ことば》を思《おも》い出《だ》した。

「ちょっと……まさか、私《わたし》たちに目《め》をつぶらせて、自分《じぶん》は逃《に》げるとか言《い》わないよね？

さっきの仕返《しかえ》しとか……」

私《わたし》の言葉《ことば》に、不機嫌《ふきげん》な顔《かお》になる昴《すばる》。

「先《さき》に裏切《うらぎ》ったのはあなた方《がた》だというのをお忘《わす》れなく。僕《ぼく》を信《しん》じないと言《い》うならそれでも構《かま》いません。そうなったら僕《ぼく》は、何《なに》がなんでも逃《に》げるだけですから」

そう言《い》われてしまうと、昴《すばる》を置《お》き去《ざ》りにした後《うし》ろめたさがある。

そんなつもりはなかったにしろ、昴《すばる》からしてみれば裏切《うらぎ》り行為《こうい》で、私《わたし》たちを信《しん》じられなくなっただろう。

「……よ、よし。昴《すばる》を信《しん》じるぜ俺《おれ》は。目《め》を閉《と》じればいいんだろ？　ほら、うまくやってくれよ」

深呼吸《しんこきゅう》をした太陽《たいよう》が、決意《けつい》したかのように腕《うで》を組《く》んで目《め》を閉《と》じたのだ。

ついさっき、怪物《かいぶつ》に殺《ころ》されそうになったのに、怖《こわ》いと思《おも》わないのかな。

と思《おも》ったけど、ガタガタと震《ふる》えていて今《いま》にも逃《に》げ出《だ》しそうだった。

太陽《たいよう》も無理《むり》をしているのなら、私《わたし》だって無理《むり》の一《ひと》つもしないと対等《たいとう》に話《はな》せない。

強《つよ》い気持《きも》ちで太陽《たいよう》と同《おな》じように腕《うで》を組《く》み、私《わたし》もまた震《ふる》えながら目《め》を閉《と》じた。

そして、右隣《みぎどなり》に感《かん》じる荒《あら》い息遣《いきづか》い。

冬菜《ふゆな》も同《おな》じように覚悟《かくご》を決《き》めたのだろう。

覚悟《かくご》……と言《い》えば聞《き》こえはいいけど、これは昴《すばる》に対《たい》する罪滅《つみほろ》ぼしにすぎない。

結局《けっきょく》、許《ゆる》されたいと思《おも》う自分《じぶん》のためにやっているのだろう。

「では、やりますよ。いいと言《い》うまで目《め》を開《あ》けないでくださいね！」

「お、おう！」

「う、うん！」

まぶたをギュッと閉《と》じて、肌《はだ》を撫《な》でるような恐怖《きょうふ》が身体中《からだじゅう》にまとわりつくのを感《かん》じる。

あまりの不安《ふあん》と不快感《ふかいかん》で、すぐにでもここから逃《に》げ出《だ》したいという思《おも》いに耐《た》えていると……昴《すばる》の声《こえ》が聞《き》こえた。

「……もう大丈夫《だいじょうぶ》ですよ。目《め》を開《あ》けてください」

落《お》ち着《つ》いたその声《こえ》に安堵《あんど》して、目《め》を開《あ》けた私《わたし》は……

目《め》の前《まえ》にある、人形《にんぎょう》の割《わ》れた顔《かお》から肉《にく》が出《で》ようとしている怪物《かいぶつ》に驚《おどろ》いてその場《ば》に尻《しり》もちをついた。

「ひ、ひえっ！　ダメじゃねぇかよ！　こいつ、動《うご》いてるよな！　なんだよ、大丈夫《だいじょうぶ》って何《なに》が大丈夫《だいじょうぶ》なんだよ！」

私《わたし》と同《おな》じように驚《おどろ》き、パニック状態《じょうたい》の太陽《たいよう》。

だけど冬菜《ふゆな》は何《なに》かに気《き》づいたようで、その怪物《かいぶつ》をジッと見《み》つめた。

「はっ……ガラスケースを被《かぶ》った頭《あたま》だけ、変化《へんか》してない」

「その通《とお》りですよ冬菜《ふゆな》さん。このガラスケースが人形《にんぎょう》を封《ふう》じるというのは恐《おそ》らく間違《まちが》っていないのでしょう」

一度《いちど》食《た》べられたから私《わたし》はわかる。

ここまで人形《にんぎょう》の身体《からだ》が変化《へんか》すれば、頭部《とうぶ》はとっくに変化《へんか》して人《ひと》を食《く》うくらいになっていてもいいはずなのに。

「い、いやいや待《ま》て待《ま》て！　明《あき》らかに大《おお》きさが違《ちが》いすぎるだろ！　どうやってこんな大《おお》きなヤツを、こんな小《ちい》さなケースの中《なか》に入《い》れればいいって言《い》うんだよ！」

太陽《たいよう》の疑問《ぎもん》はもっともだった。

私《わたし》だってガラスケースに無理矢理《むりやり》押《お》し込《こ》もうかとか、でもそんなことをしたら割《わ》れてしまいそうとか考《かんが》えてしまって、どうやってもうまく行《い》く未来《みらい》が見《み》えないのだ。

だけど昴《すばる》はすでに答《こた》えが出《で》ているのか、難《むずか》しそうな表情《ひょうじょう》を浮《う》かべた。

「もう答《こた》えは出《で》ているんですよ。人形《にんぎょう》を封《ふう》じるガラスケースがあった。そして『だるまさんがころんだをする日本人形《にほんにんぎょう》』なんて七不思議《ななふしぎ》まであるんです。僕《ぼく》が最初《さいしょ》に食《た》べられたあと、あなたたちは廊下《ろうか》の奥《おく》の日本人形《にほんにんぎょう》を見《み》ましたよね？　その姿《すがた》は怪物《かいぶつ》ではなく、普通《ふつう》の日本人形《にほんにんぎょう》だったのではないですか？」

ポツリポツリと語《かた》る昴《すばる》に、迷《まよ》いはないように見《み》える。

声《こえ》に出《だ》すことにより、自分《じぶん》の考《かんが》えをまとめながら話《はな》しているのだろう。

「昴《すばる》くん……もしかして……」

冬菜《ふゆな》がそうつぶやくと、昴《すばる》が諦《あきら》めにも近《ちか》いため息《いき》と共《とも》に、絶望的《ぜつぼうてき》な言葉《ことば》を吐《は》き出《だ》したのだった。

「誰《だれ》かが食《く》われれば、人形《にんぎょう》は音楽室《おんがくしつ》の前《まえ》に戻《もど》って日本人形《にほんにんぎょう》に戻《もど》ります。そのときに視線《しせん》を逸《そ》らさずに近《ちか》づき、ガラスケースで封印《ふういん》してしまうんです。問題《もんだい》は……誰《だれ》が食《た》べられるかですが」

その言葉《ことば》を聞《き》いた瞬間《しゅんかん》、背筋《せすじ》を冷《つめ》たい手《て》で撫《な》でられるような、ゾワッとした不気味《ぶきみ》な感《かん》覚《かく》に襲《おそ》われた。

怪物《かいぶつ》に食《た》べられるなんて絶対《ぜったい》に嫌《いや》だ。

一度《いちど》食《た》べられて、あの激痛《げきつう》と苦《くる》しみは二度《にど》と味《あじ》わいたくないと思《おも》ったのに。

ここで誰《だれ》か一人《ひとり》が確実《かくじつ》に食《た》べられなければならないなんて、そんなひどい話《はなし》があるだろうか。

「く、食《く》われ……おい、冗談《じょうだん》だよな？　他《ほか》にも何《なに》か手《て》はあるんだよな？」

「太陽《たいよう》くん。そんな都合《つごう》のいい話《はなし》があると思《おも》いますか？」

その言葉《ことば》は、私《わたし》たちに絶望《ぜつぼう》を与《あた》えた。

助《たす》かると思《おも》って手《て》にしたガラスケース。

これ以上誰《いじょうだれ》も死《し》ぬことがないよう、みんなで協力《きょうりょく》をしてこの状況《じょうきょう》になったというのに。

出《だ》された結論《けつろん》が、「誰《だれ》かが食《く》われること」というのはなんという皮肉《ひにく》だろうか。

いや、本当《ほんとう》はわかっていたはずだった。

ガラスケースを被《かぶ》せても変《か》わらずに動《うご》くこの怪物《かいぶつ》を見《み》て、私《わたし》だって少《すこ》しは考《かんが》えていたことだったから。

「誰《だれ》かが……食《た》べられる。い、一体誰《いったいだれ》が食《た》べられるっていうのよ」

「僕《ぼく》はもう二度《にど》食《た》べられています。春香《はるか》さんだって一度《いちど》は。だったら、まだ食《た》べられたことのない太陽《たいよう》くんか冬菜《ふゆな》さんですが……こればかりは強制《きょうせい》することは出来《でき》ませんよね。どうやって決《き》めますか？　食《た》べられる人《ひと》を」

私《わたし》の問《と》いに答《こた》えるように昴《すばる》がそう言《い》ったが、太陽《たいよう》と冬菜《ふゆな》は戸惑《とまど》っている様子《ようす》。

なんて最低《さいてい》なんだろう私《わたし》は。

昴《すばる》が太陽《たいよう》か冬菜《ふゆな》かって言《い》ったとき、選択肢《せんたくし》から外《はず》れたと思《おも》って安堵《あんど》してしまった。

死《し》ぬのが自分以外《じぶんいがい》なら誰《だれ》でもいいなんて、ひどいことを考《かんが》えてしまったのだ。

「わ、私《わたし》は……」

冬菜《ふゆな》も迷《まよ》っている様子《ようす》だ。

いや、この状況《じょうきょう》で迷《まよ》わない人《ひと》なんて存在《そんざい》しないだろう。

だって死《し》ぬことを選択《せんたく》しなければならないのだから。

そのあと、しばらくの間沈黙《あいだちんもく》が流《なが》れた。

怪物《かいぶつ》を前《まえ》に、戸惑《とまど》う私《わたし》たち。

ガラスケースを被《かぶ》せているから、全員《ぜんいん》が目《め》を逸《そ》らしたところで食《た》べられはしないだろうけど、それでも怖《こわ》い。

「希望者《きぼうしゃ》が誰《だれ》もいないなら、運《うん》に任《まか》せますか？　ガラスケースを取《と》って、全員《ぜんいん》で目《め》を閉《と》じて誰《だれ》を食《た》べるかはこの怪物《かいぶつ》に任《まか》せますか？　回数的《かいすうてき》に不満《ふまん》はありますが、それでいいと言《い》うなら僕《ぼく》は構《かま》いま……」

「お、俺《おれ》がやる！　俺《おれ》が……食《く》われてやる！」

そんな中《なか》で声《こえ》を上《あ》げたのは……太陽《たいよう》だった。

グッと拳《こぶし》を握《にぎ》り締《し》め、強《つよ》い意思《いし》で言葉《ことば》を吐《は》き出《だ》したのがわかる。

さっきはタイミング悪《わる》く昴《すばる》を裏切《うらぎ》ったような感《かん》じになってしまったが、いつもの太陽《たいよう》は仲間想《なかまおも》いで、困《こま》っている人《ひと》を放《ほう》っておけず、友達《ともだち》には傷《きず》ついてほしくないと常々《つねづね》言《い》っていた。

だからといって、怪物《かいぶつ》に食《た》べられるなんて最悪《さいあく》の事態《じたい》をすんなり受《う》け入《い》れられるだろうか。

「ほ、本当《ほんとう》にいいんですか太陽《たいよう》くん」

「あ、あったりまえだろ！　こんなことを冬菜《ふゆな》にはさせられないし、昴《すばる》と春香《はるか》だって経験《けいけん》してんだろ？　だったら、俺《おれ》に出来《でき》ないことなんてないぜ！　は、ははっ」

強《つよ》がっていても、やはり怖《こわ》いのだろう。

身体全体《からだぜんたい》が震《ふる》えていて、死《し》ぬのを怖《こわ》がっているのがわかる。

私《わたし》は不意打《ふいう》ちだったから心《こころ》の準備《じゅんび》なんてする暇《ひま》がなかったけど、死《し》ぬとわかっていてその覚悟《かくご》をするのはどんな思《おも》いだろうか。

明《あき》らかに無理《むり》をしているのは見《み》ればわかる。

呼吸《こきゅう》は荒《あら》く、汗《あせ》が流《なが》れ落《お》ちて身体《からだ》が震《ふる》えているのに、大丈夫《だいじょうぶ》なはずがない。

「た、太陽《たいよう》くん……」

「お、おっと冬菜《ふゆな》、それ以上《いじょう》は言《い》うんじゃないぜ。せっかく覚悟《かくご》を決《き》めたのに、揺《ゆ》らいじまう。俺《おれ》が食《く》われる、お前《まえ》らが人形《にんぎょう》を封印《ふういん》する。簡単《かんたん》なことだ。そうさ……簡単《かんたん》だ。だから信《しん》じてるからな！　絶対封印《ぜったいふういん》してくれよ！」

不安《ふあん》になると口数《くちかず》が多《おお》くなるのはいつもの太陽《たいよう》だ。

目《め》の前《まえ》で友達《ともだち》が死《し》ぬ。

死《し》ぬとわかっていて、私《わたし》たちは目的《もくてき》を達成《たっせい》するために見殺《みごろ》しにしなければならない。

こんなひどいことがあるだろうか。

仲良《なかよ》く力《ちから》を合《あ》わせれば、みんな無事《ぶじ》で生《い》きて元《もと》の世界《せかい》に戻《もど》れる……なんて甘《あま》い考《かんが》えでは脱出《だっしゅつ》することは出来《でき》ないのだ。

「では行《い》きますよ。不安《ふあん》な気持《きも》ちを聞《き》いてあげたいですが、それだといつまで経《た》ってもこのままのような気《き》がしますから。春香《はるか》さん、冬菜《ふゆな》さん、下《さ》がってください」

そう言《い》うと昴《すばる》は、怪物《かいぶつ》の頭部《とうぶ》に被《かぶ》されているガラスケースを取《と》り外《はず》した。

瞬間《しゅんかん》、今《いま》まで抑圧《よくあつ》されていたものが弾《はじ》けるように、無数《むすう》の歯《は》が付《つ》いた怪物《かいぶつ》の口《くち》が顔《かお》の内側《うちがわ》からひっくり返《かえ》るように、太陽《たいよう》の前《まえ》に現《あらわ》れたのだった。

「ひっ！　ひぃぃぃぃぃぃぃぃっ！」

覚悟《かくご》を決《き》めた太陽《たいよう》でさえ、そのグロテスクな姿《すがた》に悲鳴《ひめい》を上《あ》げるほど。

それでも昴《すばる》の動《うご》きに迷《まよ》いはなかった。

「すみません太陽《たいよう》くん、目《め》を閉《と》じてください！　あなたの死《し》は無駄《むだ》にはしませんから！」

ガラスケースを抱《かか》えてそのまま後退《こうたい》し、目《め》を閉《と》じた。

「わ、わわわわ……やっぱり怖《こわ》……あぎゃっ！　ぎぇっ！　いぎぇぇぇぇぇぇぇっ！」

目《め》を閉《と》じていて、音《おと》で察《さっ》するしかないけれど、その声《こえ》からするに太陽《たいよう》は逃《に》げようとしたみたいだ。

そして視界《しかい》から怪物《かいぶつ》を外《はず》した瞬間《しゅんかん》、噛《か》みつかれたのだろう。

バキバキという骨《ほね》を砕《くだ》く音《おと》、グチュグチュと肉《にく》を噛《か》み、裂《さ》く音《おと》。

そのあまりにも奇怪《きっかい》な音《おと》に、わずかに目《め》を開《あ》けた私《わたし》は……見《み》るべきではなかったものを見《み》た。

頭部《とうぶ》に食《く》らいつかれ、目《め》から上《うえ》がなくなって、そこにあったであろう脳《のう》みその一部《いちぶ》が零《こぼ》れ落《お》ちそうになっている。

身体《からだ》はビクンビクンと跳《は》ねるように動《うご》き、血塗《ちまみ》れの姿《すがた》はもう死《し》んでいるだろうと予想《よそう》出来《でき》た。

胃《い》から何《なに》か熱《あつ》いものが逆流《ぎゃくりゅう》してくるような感覚《かんかく》に、思《おも》わず口《くち》を手《て》で押《お》さえる。

そこからは早《はや》かった。

バキバキと骨《ほね》をも貪《むさぼ》りながら一気《いっき》に足先《あしさき》まで食《く》らい、床《ゆか》に飛《と》び散《ち》った血《ち》を舌《した》で舐《な》め取《と》ると、次《つぎ》の瞬間《しゅんかん》にはもうその場所《ばしょ》にはいなかったのだ。

いきなり消《き》えた？

私《わたし》が食《く》われたときも、昴《すばる》が食《く》われたときも同《おな》じように消《き》えたのだろうか。

そんなことを考《かんが》えながらぼんやりしていたけど、私《わたし》はふと思《おも》い出《だ》して音楽室《おんがくしつ》のほうに目《め》を向《む》けた。

『夏野太陽《なつのたいよう》さんが死《し》にました。最初《さいしょ》からスタートです』

校内放送《こうないほうそう》が流《なが》れた瞬間《しゅんかん》、それが合図《あいず》だと言《い》わんばかりに昴《すばる》と冬菜《ふゆな》が目《め》を開《あ》けて顔《かお》を上《あ》げる。

「に、人形《にんぎょう》はっ！　大《おお》きくならないように、絶対《ぜったい》に目《め》を逸《そ》らさないでください！　太陽《たいよう》くんの死《し》を無駄《むだ》にしてはいけません！」

昴《すばる》に言《い》われるまでもない。

音楽室《おんがくしつ》の前《まえ》、ガラスケースと同《おな》じようなサイズの台《だい》に乗《の》る日本人形《にほんにんぎょう》は、こちらが視界《しかい》から外《はず》すのを今《いま》か今《いま》かと待《ま》ち構《かま》えているようだ。

だけど、何度《なんど》も殺《ころ》されて食《く》われて、これ以上《いじょう》ひどい目《め》にあってたまるもんかと、意地《いじ》でも私《わたし》は目《め》を逸《そ》らさなかった。

「……春香《はるか》さん、冬菜《ふゆな》さん、当《あ》たったりしてすみませんでした。思《おも》えば、最初《さいしょ》に僕《ぼく》が食《く》われたのはみんなが来《く》る前《まえ》のことで、二人《ふたり》には関係《かんけい》のないことでした。二度目《にどめ》は見捨《みす》てられたと思《おも》いましたが、おかげでこのガラスケースを見《み》つけることが出来《でき》ましたから」

日本人形《にほんにんぎょう》から目《め》を離《はな》さずにゆっくりと、でも確《たし》かな足取《あしど》りで近《ちか》づいて行《い》く。

太陽《たいよう》は感《かん》じなかったのだろうか。

音楽室《おんがくしつ》に近《ちか》づけば近《ちか》づくほど、この世界《せかい》に入《はい》って感《かん》じていた悪意《あくい》や強《つよ》い念《ねん》が濃《こ》くなっているような。

その発生源《はっせいげん》があの日本人形《にほんにんぎょう》だとしたら、先程《さきほど》こっち側《がわ》を調《しら》べた太陽《たいよう》は何《なに》も感《かん》じなかったということになるのだけど。

「じゃあ……被《かぶ》せますよ。これで……もう動《うご》くな！」

二度《にど》も食《く》われた恨《うら》みを込《こ》めるようにして、昴《すばる》が人形《にんぎょう》を封《ふう》じるためにガラスケースを被《かぶ》せた。

その途端《とたん》、今《いま》まで感《かん》じていた異様《いよう》な雰囲気《ふんいき》が消《き》えて、これで終《お》わったんだと肌《はだ》で感《かん》じることが出来《でき》た。

「終《お》わっ……た？　よかった、このガラスケースが役《やく》に立《た》ったんだね」

安堵《あんど》して、その場《ば》に座《すわ》り込《こ》んだ私《わたし》。

冬菜《ふゆな》も安心《あんしん》したのか、同《おな》じように隣《となり》に座《すわ》って私《わたし》にしがみついた。

「とりあえずは……といったところでしょうか。ですがまだ気味《きみ》の悪《わる》い雰囲気《ふんいき》が消《き》えたわけではありません。『呪《のろ》いの大鏡《おおかがみ》』はまだ見《み》つかっていませんからね」

昴《すばる》の言《い》う通《とお》り、私《わたし》たちは元《もと》の世界《せかい》に戻《もど》ったわけではない。

それどころか、まだこの世界《せかい》のことがほとんどわかっていないのだ。

唯一《ゆいいつ》わかっていることは、何《なに》か恐《おそ》ろしいものが私《わたし》たちを殺《ころ》して身体《からだ》を乗《の》っ取《と》ろうとしているくらいだ。

「お、おーい！　うまく行《い》ったかよ！」

廊下《ろうか》の反対側《はんたいがわ》の端《はし》から、太陽《たいよう》が大声《おおごえ》でそう尋《たず》ねた。

「ありがとうございました太陽《たいよう》くん。あなたのおかげで封印《ふういん》することが出来《でき》ました」

「そんなのいいから、ちょっとこっちに来《こ》いって！　何《なに》か出《で》たんだって！」

昴《すばる》の声《こえ》に被《かぶ》せるようにして、太陽《たいよう》が手招《てまね》きをして私《わたし》たちを呼《よ》んだのだった。

不思議《ふしぎ》に思《おも》いながらもやって来《き》た三階倉《さんかいそう》庫前《こまえ》。

太陽《たいよう》が指《ゆび》を差《さ》した先《さき》、倉庫《そうこ》の壁《かべ》に書《か》かれていた文字《もじ》。

『朴三至《ぼくさんいたる》』

この倉庫《そうこ》から鏡《かがみ》の世界《せかい》にやって来《き》たけれど、こんな文字《もじ》は書《か》かれていなかったはずだ。

状況《じょうきょう》を確認《かくにん》するために部屋《へや》の中《なか》をしっかり見《み》たし、こんな大《おお》きな文字《もじ》が書《か》かれていたら誰《だれ》かが気《き》づくはずだから。

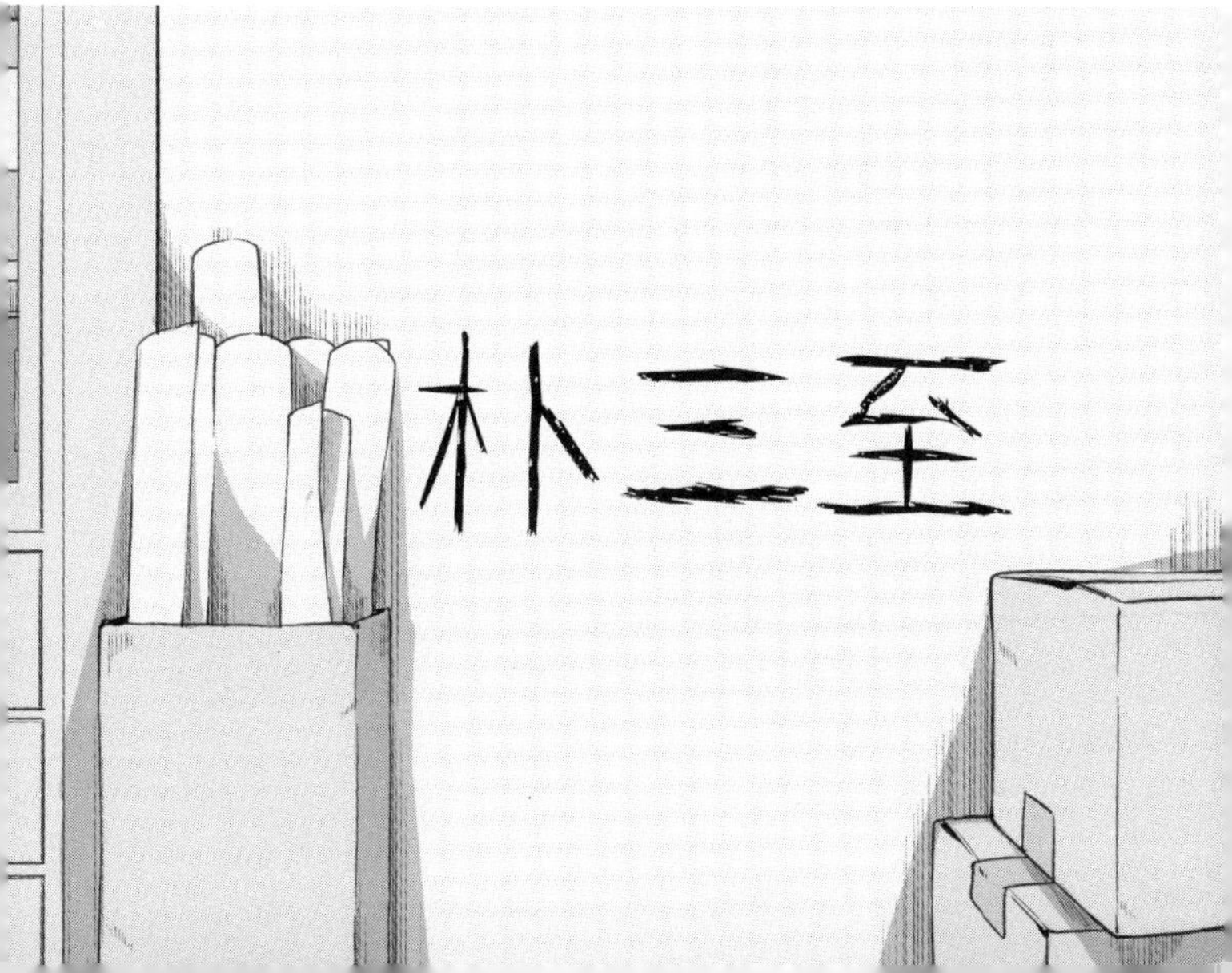

「……ぼく、さん、いたる？　なんですかこのわけのわからない言葉《ことば》は」

「な、なんだよ昴《すばる》！　お前《まえ》がわからなかったら誰《だれ》がわかるんだよ！　てっきりこの世界《せかい》から出《で》るヒントかと思《おも》ったのによ……」

二人《ふたり》はこの文字《もじ》の答《こた》えが出《で》ないようだったが、私《わたし》はその文字《もじ》の下《した》に、新《あら》たな文字《もじ》が書《か》かれ始《はじ》めていることに気《き》づいた。

「ねえ、文字《もじ》が書《か》かれてるよ。ほら、見《み》て」

ゆっくりと書《か》かれていくその文字《もじ》は「二階倉庫《にかいそうこ》に行《い》け」と読《よ》めたのだ。

三階《さんかい》が終《お》わったら次《つぎ》は二階《にかい》。

もしかして、似《に》たようなことをずっとさせられるのだろうかと絶望《ぜつぼう》しそうになるが、私《わたし》たちに選択肢《せんたくし》などなかった。

どこに行《い》けばいいか、何《なに》をすればいいかがわからないのだから、仮《かり》にこれが罠《わな》だとしても先《さき》に進《すす》むしかないのだ。

「命令《めいれい》に従《したが》うのは嫌《いや》だけど……結局《けっきょく》『呪《のろ》いの大鏡《おおかがみ》』を探《さが》さなきゃならないんだよね？　だったら行《い》こうよ。誰《だれ》かが助《たす》けてくれるわけでもなさそうだし」

冬菜《ふゆな》が言《い》った言葉《ことば》に、反論《はんろん》する人《ひと》はいなかった。

正直《しょうじき》に言《い》えば、先《さき》になんて進《すす》みたくはないし、早《はや》く帰《かえ》りたいけれど、そのためにも先《さき》に進《すす》まなければならないのだ。

第三章《だいさんしょう》　図画工作室《ずがこうさくしつ》の笑《わら》う女《おんな》

壁《かべ》の指示通《しじどお》りに、私《わたし》たちは二階倉庫《にかいそうこ》にやって来《き》た。

中《なか》は三階倉庫《さんかいそうこ》と大《たい》して変《か》わらないが、そこに置《お》かれているものは結構異《けっこうこと》なる。

図画工作室《ずがこうさくしつ》が近《ちか》いからか、彫刻刀《ちょうこくとう》や誰《だれ》だかわからない胸像《きょうぞう》があり、絵《え》の具《ぐ》の匂《にお》いがかすかにする部屋《へや》だ。

「さてさて、この部屋《へや》で何《なに》が起《お》こるというのですかね。三階《さんかい》の倉庫《そうこ》とそれほど変《か》わったようには見《み》えないのですが……」

「待《ま》ってればまた文字《もじ》が書《か》かれたりするんじゃねえの？　てか……いや、なんか変《へん》じゃないか？　さっきより暗《くら》くなった？　違《ちが》うな……気持《きも》ち悪《わる》くなったような気《き》がする」

太陽《たいよう》が言《い》うように、なんだか雰囲気《ふんいき》が変《か》わったような気《き》がする。

悪意《あくい》が強《つよ》くなったというか、先程日本人形《さきほどにほんにんぎょう》に近《ちか》づいたときに感《かん》じた恐《おそ》ろしさに似《に》ている。

不安《ふあん》がより一層《いっそう》濃《こ》くなり、今《いま》までがまるで遊《あそ》びだったと言《い》わんばかりに。

そして、それは突然現《とつぜんあらわ》れた。

「えっ!? いつの間《ま》に……見《み》て。ドアに文字《もじ》が書《か》かれてる」

開《ひら》いたドアに書《か》かれていたから、文章《ぶんしょう》が途切《とぎ》れている状態《じょうたい》。

「えーっと？ これじゃあ読《よ》めないぜ。なになに？」

ドアに近《ちか》づき、文字《もじ》を読《よ》むために太陽《たいよう》がドアを閉《し》めたその瞬間《しゅんかん》。

「あはははははっ！ ひゃははははははははははほへひひひはっ！」

廊下《ろうか》に響《ひび》く笑《わら》い声《ごえ》と、倉庫《そうこ》の前《まえ》を通《とお》りすぎた高速《こうそく》の影《かげ》に私《わたし》たちは驚《おどろ》き、身《み》をすくめた。

「ひっ！ な、何《なに》!? 今《いま》のは……」

「しっ、しーっ！ ふ、冬菜《ふゆな》、これを読《よ》め」

声《こえ》を上《あ》げた冬菜《ふゆな》の口《くち》を手《て》で塞《ふさ》いで、ドアの文字《もじ》を指差《ゆびさ》した太陽《たいよう》。

『笑《わら》う女《おんな》は恐怖《きょうふ》の呼吸《こきゅう》をかぎとる。息《いき》をするな。殺《ころ》される前《まえ》に謎《なぞ》を解《と》け』

そう書《か》かれていたが、謎《なぞ》を解《と》けとは随分大雑把《ずいぶんおおざっぱ》な指示《しじ》だ。

さすがに昴《すばる》もその文字《もじ》に首《くび》を傾《かし》げて顔《かお》をしかめる。

笑う女は恐怖の呼吸をかぎとる
息をするな
殺される前に謎を解け

「い、今《いま》のが笑《わら》う女《おんな》で間違《まちが》いないでしょうね。きっと、四季小七不思議《しきしょうななふしぎ》の『図画工作室《ずがこうさくしつ》の笑《わら》う女《おんな》』なのでしょう。殺《ころ》されたくなければ息《いき》をするなというのはわかりました。どうやらここでも、下手《へた》を打《う》てば殺《ころ》されるみたいですね……」

今《いま》もそうだったけど、ドアを閉《し》めていたら大丈夫《だいじょうぶ》なのか、それともこの二階倉庫《にかいそうこ》がいわゆる「スタート地点《ちてん》」だから大丈夫《だいじょうぶ》なのか。

通《とお》りすぎた笑《わら》う女《おんな》は、ここにいる私《わたし》たちには無反応《むはんのう》だったような気《き》がする。

「でも、謎《なぞ》を解《と》けって何《なに》？　もしかして、さっきの『朴三至《ぼくさんいたる》』って言葉《ことば》の謎《なぞ》を解《と》くの？」

「それはわかりませんが、どうやら今回《こんかい》は三階《さんかい》のようにはいかないみたいですね。僕《ぼく》たちは笑《わら》う女《おんな》が来《き》たら息《いき》を止《と》めて、いなくなるのを待《ま》たなければなりません。教室《きょうしつ》を全部調《ぜんぶしら》べるのは変《か》わりません」

私《わたし》の予想《よそう》が正《ただ》しいのかは誰《だれ》にもわからない。

そして昴《すばる》はそれだけではなく、さらに続《つづ》けた。

「そこで……提案《ていあん》したいんですが、ここは手分《てわ》けして探《さが》しましょう」

その提案《ていあん》に、私《わたし》たちは驚《おどろ》いて目《め》を見開《みひら》いた。

笑《わら》う女《おんな》がどれほど恐《おそ》ろしいかはまだわからないけど、あの笑《わら》い声《ごえ》からして相当《そうとう》ヤバそうなのは間違《まちが》いないだろう。

なのに、みんなで一緒《いっしょ》に行《い》かずに手分《てわ》けして探《さが》すとはどういうことだろうか。

「どういうことよ。もしかして三階《さんかい》で見捨《みす》てられたことをまだ根《ね》に持《も》ってるの？　こんなときはバラバラになるより、みんなでまとまって動《うご》いたほうが……」

「逆《ぎゃく》ですよ春香《はるか》さん。みんなでまとまっていると、万《まん》が一誰《いちだれ》かが呼吸《こきゅう》をすれば全員《ぜんいん》が殺《ころ》される危険性《きけんせい》があります。だから、最悪《さいあく》のことを考《かんが》えたときには死《し》ぬのは一人《ひとり》のほうがいいんです」

昴《すばる》のこの説明《せつめい》はきっと正《ただ》しい。

反論《はんろん》したくても、これよりいい案《あん》が思《おも》い浮《う》かばないし、全滅《ぜんめつ》するより一人《ひとり》が犠牲《ぎせい》になるほうがいいという理由《りゆう》だってわかる。

ただ……欲《よく》を言《い》えば、この不気味《ぶきみ》な空間《くうかん》で一人《ひとり》というのは心細《こころぼそ》いし、あっという間《ま》に殺《ころ》されてしまいそうな気《き》がしてしまうのだ。

「よくわかんないけど、ここが安全地帯《あんぜんちたい》でよかったぜ。危《あぶ》なくなったらここに逃《に》げ込《こ》めばいいんだろ？　それなら、三階《さんかい》よりも余裕《よゆう》がありそうだし、なんとかなるんじゃないのか？」

太陽《たいよう》の能天気《のうてんき》さがうらやましくもある。

だけどそれが本当《ほんとう》に出来《でき》るなら、言《い》うように思《おも》ったよりは余裕《よゆう》があるかもしれない。

少《すこ》し話《はな》し合《あ》い、行《い》く場所《ばしょ》を決《き》めた。

私《わたし》がここから近《ちか》い廊下《ろうか》の突《つ》き当《あ》たりにある図画工作室《ずがこうさくしつ》に。

冬菜《ふゆな》はトイレの横《よこ》にある教室《きょうしつ》から、私《わたし》のほうに向《む》かって移動《いどう》。

太陽《たいよう》が一番遠《いちばんとお》い廊下《ろうか》の端《はし》、理科室《りかしつ》に向《む》かって、昴《すばる》は冬菜《ふゆな》の横《よこ》の教室《きょうしつ》から太陽《たいよう》のいるほうに動《うご》く。

笑《わら》う女《おんな》がどこにいるかはわからないけど、もしも誰《だれ》かが死《し》んでも誰《だれ》かは生《い》き残《のこ》るという方法《ほうほう》だ。

「では行《い》きましょう。もしも笑《わら》う女《おんな》に追《お》われて、どうしようもなくなったらこの倉庫《そうこ》に逃《に》げ込《こ》んでください」

確認《かくにん》が終《お》わり、様子《ようす》を窺《うかが》いながら廊下《ろうか》に出《で》た私《わたし》たち。

最後《さいご》に冬菜《ふゆな》が倉庫《そうこ》から出《で》て、打《う》ち合《あ》わせ通《どお》りに分《わ》かれようとしたときだった。

ピシャン！　と、背後《はいご》でドアが閉《し》まった音《おと》が聞《き》こえ、思《おも》わず振《ふ》り返《かえ》る。

「おいおい冬菜《ふゆな》、ここに逃《に》げることもあるんだから開《あ》けておけよな」

呆《あき》れた様子《ようす》でドアに手《て》を伸《の》ばした太陽《たいよう》だったが……どれだけ力《ちから》を込《こ》めても、それはピクリとも動《うご》かなかったのだ。

「わ、私《わたし》、閉《し》めてないよ」

予想《よそう》だにしない事態《じたい》だった。

危《あぶ》なくなったら逃《に》げ込《こ》もうと思《おも》っていた場所《ばしょ》のドアが、いきなり閉《し》まって開《ひら》かなくなるなんて。

「マジか！　ふざけるなよ！　これじゃあ危《あぶ》なくなったらそのまま死《し》ねってのか!?」

太陽《たいよう》が必死《ひっし》にドアを開《あ》けようとするが、どうやらそれどころではない気配《けはい》が、私《わたし》の左側《ひだりがわ》から漂《ただよ》い始《はじ》めたのを感《かん》じた。

視界《しかい》の端《はし》に映《うつ》る、ゆらゆらと揺《ゆ》れる影《かげ》。

目《め》が動《うご》き、首《くび》がそっちを向《む》いた瞬間《しゅんかん》。

「あははははははははははははっ！　ひははははははははははははっ！」

大口《おおぐち》を開《あ》けて笑《わら》う不気味《ぶきみ》な女《おんな》が、首《くび》をガクンガクンと揺《ゆ》らしてこちらに向《む》かって走《はし》って来《き》たのだ。

「ひ、ひいっ！　来《き》たっ！」

「う、うおっ！　マジか！」

「み、みなさん息《いき》を止《と》めてくださいっ！」

半《なか》ばパニック状態《じょうたい》でも、昴《すばる》が的確《てきかく》な指示《しじ》を出《だ》して、私《わたし》たちは息《いき》を止《と》めた。

心臓《しんぞう》を握《にぎ》り潰《つぶ》すかのような不安《ふあん》、そして身《み》を切《き》り刻《きざ》むかのような恐怖《きょうふ》が押《お》し寄《よ》せて肌《はだ》を撫《な》でる。

ただ息《いき》を止《と》めればいい。

そう考《かんが》えていたけど、そんな簡単《かんたん》なものではなかった。

こんな状況《じょうきょう》で息《いき》を止《と》めても、あまりの恐怖《きょうふ》で口《くち》から息《いき》が漏《も》れそうになる。

鼻《はな》をつまみ、手《て》で口《くち》を塞《ふさ》がなければ身体《からだ》に裏切《うらぎ》られてしまうのだ。

そんな中《なか》で……

「あ、ふ、ふっ……」

迫《せま》る恐怖《きょうふ》に負《ま》けたのだろう。

冬菜《ふゆな》の口《くち》から空気《くうき》が漏《も》れ、笑《わら》う女《おんな》は一直線《いっちょくせん》に冬菜《ふゆな》に向《む》かって、そして。

手《て》にしていたノコギリが冬菜《ふゆな》の頭部《とうぶ》に振《ふ》り下《お》ろされて、ゴツッという音《おと》と共《とも》に刃《は》が突《つ》き刺《さ》さったのだった。

「あがっ！　いぎゃあああああっ！　痛《いた》い、痛《いた》いよ！　助《たす》けて……助《たす》け……」

目《め》の前《まえ》で冬菜《ふゆな》が弾《はじ》き飛《と》ばされ、笑《わら》う女《おんな》に襲《おそ》われた。

床《ゆか》に押《お》し倒《たお》され、ゴリゴリと音《おと》を立《た》てて、頭《あたま》にノコギリの刃《は》が侵入《しんにゅう》して行《い》ったのだ。

「に、にににに、逃《に》げろっ！　ふざけんなよなんだよこれ！」

太陽《たいよう》がそう声《こえ》を上《あ》げたと同時《どうじ》に、弾《はじ》かれるようにその場《ば》から逃《に》げ出《だ》した私《わたし》たち。

と言《い》っても、どこに逃《に》げればいいのかすらわからない。

なるべく同《おな》じ階《かい》にはいたくないと、三人《さんにん》で階段《かいだん》を駆《か》け下《お》りた。

二階《にかい》から一階《いっかい》へと移動《いどう》して、廊下《ろうか》に飛《と》び出《だ》した私《わたし》は……不可解《ふかかい》な光景《こうけい》に頭《あたま》が追《お》いつかなくなった。

倉庫《そうこ》の前《まえ》で、雪菜《ゆきな》がノコギリで切《き》られている。

笑《わら》う女《おんな》がその名《な》の通《とお》り、笑《わら》いながら頭部《とうぶ》を切断《せつだん》し、その中《なか》から脳《のう》を取《と》り出《だ》して、それを嬉《うれ》しそうに口《くち》へと運《はこ》んだ。

「な、ななな、なななんで二階《にかい》から一階《いっかい》に下《お》りたのにまた二階《にかい》に来《く》るんだよ！　おかしいだろ！」

「か、考《かんが》えるのはあとにしてください！　早《はや》く逃《に》げないと！　そっちの教室《きょうしつ》に！」

笑《わら》う女《おんな》が冬菜《ふゆな》に夢中《むちゅう》になっている間《あいだ》にと、三年二組《さんねんにくみ》の教室《きょうしつ》へと逃《に》げ込《こ》んだ私《わたし》たち。

ドアを閉《し》めて、廊下側《ろうかがわ》の窓際《まどぎわ》に屈《かが》んで息《いき》を潜《ひそ》め、身体《からだ》の震《ふる》えに身《み》を任《まか》せることしか出来《でき》ずにいた。

「な、何《なに》がどうなってんだ……日本人形《にほんにんぎょう》もヤバいと思《おも》ったけど、あの笑《わら》う女《おんな》は一体何《いったいなん》なんだよ！」

「な、七不思議《ななふしぎ》ですよ。『図画工作室《ずがこうさくしつ》の笑《わら》う女《おんな》』って、冬菜《ふゆな》さんが言《い》っていたと思《おも》います。日本人形《にほんにんぎょう》といい、笑《わら》う女《おんな》といい、この世界《せかい》は七不思議《ななふしぎ》が具現化《ぐげんか》しているのでしょうか」

少《すこ》しでも気《き》を紛《まぎ》らわせようと、二人《ふたり》は状況《じょうきょう》の整理《せいり》をするために思《おも》っていることを声《こえ》に出《だ》しているのだろうけど、息《いき》を止《と》めなくて大丈夫《だいじょうぶ》なのかな。

「ふ、冬菜《ふゆな》、ノコギリで切《き》られてた……食《く》われるのも嫌《いや》だったけど、あんな殺《ころ》され方《かた》やだよ。絶対《ぜったい》に殺《ころ》さ……」

背中《せなか》を壁《かべ》に付《つ》けて震《ふる》えていた私《わたし》は、教室《きょうしつ》の奥《おく》に不意《ふい》に目《め》をやってしまい、それに気《き》づいてしまった。

床《ゆか》に倒《たお》れたまま微動《びどう》だにせず、開《ひら》いた目《め》をこちらに向《む》けている。

いや、ただその目《め》が向《む》いている先《さき》に私《わたし》がいるのだろうと思《おも》った瞬間《しゅんかん》。

なぜそれを認識《にんしき》していなかったのか、視界《しかい》が広《ひろ》がるような感覚《かんかく》と共《とも》に理解出来《りかいでき》たそれは、一人《ひとり》ではなくて無数《むすう》の死体《したい》が山《やま》のように積《つ》み重《かさ》なっているのがわかったのだ。

「きゃああああああああああっ！」

出《だ》したくないのに押《お》し出《だ》されるようにして、声《こえ》が悲鳴《ひめい》となって口《くち》から飛《と》び出《だ》した。

それを聞《き》いて、慌《あわ》てて私《わたし》の口《くち》を手《て》で塞《ふさ》いだのは太陽《たいよう》。

「バ、バカ！　そんな大声出《おおごえだ》したら聞《き》こえるだろ！　一体何《いったいなに》がどうしたっていうんだよ！」

そう言《い》い終《お》わるより早《はや》く、私《わたし》はゆっくりと教室《きょうしつ》の奥《おく》を指差《ゆびさ》した。

私《わたし》の指《ゆび》の先《さき》をなぞるように目《め》で追《お》いかけた太陽《たいよう》と昴《すばる》は……その先《さき》にある死体《したい》の山《やま》に、ビクッと身体《からだ》を震《ふる》わせたのだった。

まさかこんなものがあるとは思《おも》わなかったのだろう。

口《くち》に手《て》を当《あ》てて、私《わたし》のように悲鳴《ひめい》を上《あ》げるのを無理矢理《むりやり》抑《おさ》え込《こ》んでいるようだった。

「あ、あれは……死体《したい》。い、いや、待《ま》ってください。川端先生《かわばたせんせい》にヒナコさんのもあります」

さらに驚《おどろ》きを見《み》せた昴《すばる》が、川端先生《かわばたせんせい》とヒナコの遺体《いたい》を指差《ゆびさ》してみせたけど……何《なに》かおかしい感《かん》じがする。

「ど、どういうことだよ。じゃあもう、川端先生《かわばたせんせい》もヒナコも死《し》んでるってのか？　あ、あれ……ちょっと待《ま》て、あれってミサじゃないか？　ヒトミにマサフミ、ヒサシもいる……何《なに》がどうなってんだこれ」

次々《つぎつぎ》とクラスメイトや隣《となり》のクラスの人《ひと》の名前《なまえ》が出《で》てくる。

もしかすると、上級生《じょうきゅうせい》や下級生《かきゅうせい》もいるかもしれないけど、死体《したい》だと人相《にんそう》が変《か》わっているから判別《はんべつ》のしようがない。

呆気《あっけ》に取《と》られてその死体《したい》の山《やま》に目《め》を奪《うば》われていた私《わたし》たちの横《よこ》。

教室《きょうしつ》の入《い》り口《ぐち》のドアが乱暴《らんぼう》に開《あ》けられ、私《わたし》たちは身体《からだ》を震《ふる》わせた。

「あはははははははははははははは。はははははははほほほ」

入《はい》って来《き》たんだ、笑《わら》う女《おんな》が。

運《うん》がよかったのは、私《わたし》の口《くち》をまだ太陽《たいよう》の手《て》が塞《ふさ》いでいたこと。

二人《ふたり》もまた、悲鳴《ひめい》を上《あ》げないようにと口《くち》を手《て》で覆《おお》っていたことが幸《さいわ》いして、すぐに息《いき》を止《と》めた。

私《わたし》たちがこの部屋《へや》にいることを知《し》っているのか、笑《わら》う女《おんな》がスンスンと鼻《はな》を鳴《な》らして何《なに》かの臭《にお》いをかぎとろうとしているように見《み》える。

身動《みうご》きが取《と》れない。

そんな状況《じょうきょう》で私《わたし》たちが何《なに》かを出来《でき》るわけもなく、死《し》ぬ気《き》で息《いき》を止《と》めるしかなかった。

不思議《ふしぎ》そうに首《くび》を傾《かし》げて、教室《きょうしつ》の奥《おく》へと歩《ある》く笑《わら》う女《おんな》。

その手《て》には冬菜《ふゆな》の遺体《いたい》。

引《ひ》きずりながら運《はこ》んで来《き》たそれを死体《したい》の山《やま》へと放《ほう》り投《な》げて振《ふ》り返《かえ》ると、廊下側《ろうかがわ》の窓際《まどぎわ》にいる私《わたし》たちに顔《かお》を向《む》けて、もう一度《いちど》鼻《はな》を鳴《な》らした。

早《はや》く行《い》って。じゃないと苦《くる》しくて息《いき》が漏《も》れてしまうと、心《こころ》の中《なか》でつぶやく。

あまりの恐怖《きょうふ》に、笑《わら》う女《おんな》の顔《かお》を直視《ちょくし》出来《でき》ないでいた。

倉庫《そうこ》のドアには、恐怖《きょうふ》の呼吸《こきゅう》をかぎとると書《か》いてあったから、私《わたし》たちからそれが漏《も》れているのだろうか。

臭《にお》いをかぎながら、ゆっくりとこちらに迫《せま》って来《き》ているのがわかる。

お願《ねが》い、来《こ》ないで、早《はや》く行《い》って!

祈《いの》るように何度《なんど》も何度《なんど》もつぶやいて、顔《かお》を逸《そ》らすように横《よこ》を向《む》いた。

そして少《すこ》し時間《じかん》が流《なが》れた。

といっても、実際《じっさい》には十秒《じゅうびょう》も経《た》っていないだろうけど、私《わたし》には永遠《えいえん》にも思《おも》えるような感覚《かんかく》。

そんな中《なか》で、私《わたし》の口《くち》に手《て》を当《あ》てている太陽《たいよう》が震《ふる》え始《はじ》める。

手《て》に力《ちから》が込《こ》められ、壁《かべ》に押《お》しつけられるほどに強《つよ》くなる。

ついに息《いき》を止《と》めていられる限界《げんかい》が来《き》たのか、苦《くる》しんでいるのだろうというのがわかったけど、私《わたし》だって人《ひと》の心配《しんぱい》をしていられるほどの余裕《よゆう》はない。

胸《むね》が締《し》めつけられる。

身体《からだ》の中《なか》で何《なに》か別《べつ》の生物《せいぶつ》が暴《あば》れているかのようで、もう我慢《がまん》が出来《でき》ない。

ダメだ、呼吸《こきゅう》をしないと死《し》んでしまう！

太陽《たいよう》の手《て》を振《ふ》り解《ほど》き、大《おお》きく息《いき》を吸《す》ったそのときだった。

笑《わら》う女《おんな》が教室《きょうしつ》の入《い》り口《ぐち》に顔《かお》を向《む》け、ガクンガクンと身体《からだ》を揺《ゆ》らしながら教室《きょうしつ》から出《で》て行《い》ったのだった。

大《おお》きく息《いき》を吸《す》った私《わたし》の口《くち》を、太陽《たいよう》が再《ふたた》び慌《あわ》てて塞《ふさ》いで。

昴《すばる》が倒《たお》れこむようにしてドアを閉《し》めた。

「プハッ！　もう無理《むり》だ！」

太陽《たいよう》が大《おお》きく息《いき》を吸《す》って、吐《は》きながらそう言《い》ったが……笑《わら》う女《おんな》はこの短時間《たんじかん》で離《はな》れたのか、襲《おそ》いかかってくる様子《ようす》はなかった。

「だ、大丈夫《だいじょうぶ》みたい……ですね。た、助《たす》かりましたね。それよりも……少《すこ》し情報量《じょうほうりょう》が多《おお》すぎて頭《あたま》が混乱《こんらん》しています。す、少《すこ》し整理《せいり》しましょうか」

座《すわ》り直《なお》して、疲《つか》れ切《き》った様子《ようす》でため息《いき》をついた昴《すばる》。

だけど、わざわざこんな場所《ばしょ》で整理《せいり》しなくてもいいのに。

死体《したい》の山《やま》が目《め》の前《まえ》にあるから、気持《きも》ち悪《わる》くてたまらない。

「ど、どうなんだよこれ。川端先生《かわばたせんせい》もヒナコも死《し》んでるじゃないかよ。いや、二人《ふたり》だけじゃない。よく見《み》ればミサやマキ、マサフミやユウヤなんかもいるぜ……」

「あれ……ミサが二人《ふたり》いない？　ヒナコなんて三人《さんにん》もいる。何《なに》がどうなって……あ、もしかして作《つく》り物《もの》とか？」

妙《みょう》な違和感《いわかん》があり、その死体《したい》の山《やま》をジッと見《み》ていた私《わたし》は同《おな》じ人《ひと》が何人《なんにん》もいることに気《き》づいたのだ。

作《つく》り物《もの》とわかれば、気持《きも》ち悪《わる》さはあるけど怖《こわ》さは少《すこ》し和《やわ》らぐ。

「いえ、これは本物《ほんもの》です。先程《さきほど》殺《ころ》された冬菜《ふゆな》さんが運《はこ》ばれて来《き》たでしょう？　もう忘《わす》れましたか？」

そして昴《すばる》の言葉《ことば》で現実《げんじつ》に引《ひ》き戻《もど》される。

「い、いやいや、本物《ほんもの》ならなんで同《おな》じ人《ひと》が何人《なんにん》もいるんだよ。おかしいだろ」

「そんなの僕《ぼく》にもわかりませんよ！　でも、三階《さんかい》では日本人形《にほんにんぎょう》に身体《からだ》を全部《ぜんぶ》食《た》べられたんです。だから何《なに》も残《のこ》らなかった。ですが笑《わら》う女《おんな》は脳《のう》を食《た》べることしか興味《きょうみ》がなさそうです。なので残骸《ざんがい》はこの部屋《へや》に集《あつ》められている……ということですかね」

「だーかーらっ！　同《おな》じ人《ひと》が何人《なんにん》もいるって理由《りゆう》になってないだろそれは！」

初《はじ》めて訪《おとず》れる世界《せかい》で、何《なに》もかもが不明《ふめい》なのに、その質問《しつもん》を投《な》げかけられている昴《すばる》が少《すこ》し可哀想《かわいそう》だ。

そんなの、小学生《しょうがくせい》の私《わたし》たちにわかるわけがないのに。

「知《し》りませんよ！　きっとあれですよ。超常現象《ちょうじょうげんしょう》が起《お》こって、死《し》ぬたびに新《あたら》しい身体《からだ》が再構築《さいこうちく》されるんですよ！　その際《さい》に、少《すこ》しずつ悪魔《あくま》に侵食《しんしょく》されて行《い》くんです！　常識《じょうしき》では考《かんが》えられない場所《ばしょ》にいるんですから、常識《じょうしき》では考《かんが》えられないことが起《お》こってるんです！」

そう思《おも》っていたら、実《じつ》に曖昧《あいまい》な答《こた》えが昴《すばる》の口《くち》から飛《と》び出《だ》した。

だが、それはこの世界《せかい》のことを表《あらわ》すには妙《みょう》にしっくりと来《き》て、変《へん》に科学的《かがくてき》に説明《せつめい》されるよりは納得《なっとく》が出来《でき》る。

「じゃあ、冬菜《ふゆな》はまた生《い》き返《かえ》って、別《べつ》の冬菜《ふゆな》がいるってこと？　倉庫《そうこ》からやり直《なお》しになってるってことなの？」

「冬菜《ふゆな》さんが死《し》んだとき、校内放送《こうないほうそう》は流《なが》れませんでした。なので確証《かくしょう》はないですが、恐《おそ》らくそうです。でなければ、何人《なんにん》も同《おな》じ遺体《いたい》がここにある理由《りゆう》が説明出来《せつめいでき》ませんからね」

そういえば校内放送《こうないほうそう》は聞《き》こえなかった。

三階《さんかい》で聞《き》こえたのに二階《にかい》では聞《き》こえないとなると、何《なに》かそのこと自体《じたい》に意味《いみ》があるのかと勘繰《かんぐ》ってしまうよね。

「でも、それならどうして冬菜《ふゆな》は私《わたし》たちと合流《ごうりゅう》しないの？　生《い》き返《かえ》ってるんだよね？」

「……出《で》られないというのが正《ただ》しいのではないでしょうか。この物言《ものい》わぬ人《ひと》たちを見《み》て、僕《ぼく》は考《かん》えました。三階《さんかい》をクリアすれば、今度《こんど》は死《し》んでも二階倉庫《にかいそうこ》からのスタートになるのではないかと。そうでなければ、これほど人《ひと》が死《し》んでいるのに、三階《さんかい》から誰《だれ》も再《さい》スタートしなかった理由《りゆう》がわかりませんからね」

なんとなく言《い》いたいことはわかった。

私《わたし》たちが三階《さんかい》で日本人形《にほんにんぎょう》と戦《たたか》っていたとき、確《たし》かに誰《だれ》も三階《さんかい》に現《あらわ》れなかった。

進《すす》んだ場所《ばしょ》から再《さい》スタートが出来《でき》るという、テレビゲームのような感覚《かんかく》は不思議《ふしぎ》だけど、そうと言《い》われたらそうと思《おも》える。

「ところで春香《はるか》も昴《すばる》も気《き》づいたか？　あの笑《わら》う女《おんな》……目《め》と耳《みみ》に何《なに》か棒《ぼう》みたいなものが突《つ》き刺《さ》さってたぜ。だから俺《おれ》たちを探《さが》すのに、『恐怖《きょうふ》の呼吸《こきゅう》』なんてものの臭《にお》いをかいでるんだろうな」

まさか、笑《わら》う女《おんな》の目《め》と耳《みみ》にそんなものが刺《さ》さっているなんて、怖《こわ》くて直視出来《ちょくしでき》なかったからわからなかった。

あんな状況《じょうきょう》で、笑《わら》う女《おんな》の顔《かお》を見《み》られる太陽《たいよう》が信《しん》じられないよ。

「つまり、目《め》は見《み》えず、耳《みみ》は聞《き》こえない。ならば、移動《いどう》のときは呼吸《こきゅう》をしなければいいのです。それなら、仮《かり》に遭遇《そうぐう》したとしても感知《かんち》はされないはずで……」

一番端《いちばんはし》にいた昴《すばる》が、私《わたし》たちのほうを向《む》いて話《はな》している最中《さいちゅう》、何《なに》かに気《き》づいたのかその視《し》線《せん》がゆっくりと黒板《こくばん》のほうへと向《む》いた。

その視線《しせん》が気《き》になり、太陽《たいよう》と私《わたし》も同《おな》じように振《ふ》り返《かえ》って黒板《こくばん》を見《み》ると……

『服《ふく》の中《なか》ののを上《うえ》に立《た》て、親子三匹鯉《おやこさんびきこい》のぼり』

チョークで書《か》かれた粗《あら》い大《おお》きな字《じ》が、そこに書《か》かれていたのである。

意味《いみ》は……まったくわからない。

「服《ふく》の中《なか》のの？　鯉《こい》のぼり？　何言《なにい》ってんだこれ」

太陽《たいよう》が不思議《ふしぎ》そうにつぶやいたけど、ここにいる全員《ぜんいん》がそう思《おも》っていただろう。

「謎解《なぞと》き？　にしては……まったく意味《いみ》がわかりませんし、解《と》く鍵《かぎ》がありませんね。クイズでしょうか？」

小《ちい》さくつぶやいているけど、昴《すばる》でわからないなら私《わたし》にわかるはずがない。

「よくわからないけどさ、この教室《きょうしつ》だけなのか？　全部《ぜんぶ》の教室《きょうしつ》を調《しら》べて、他《ほか》にも何《なに》か書《か》い

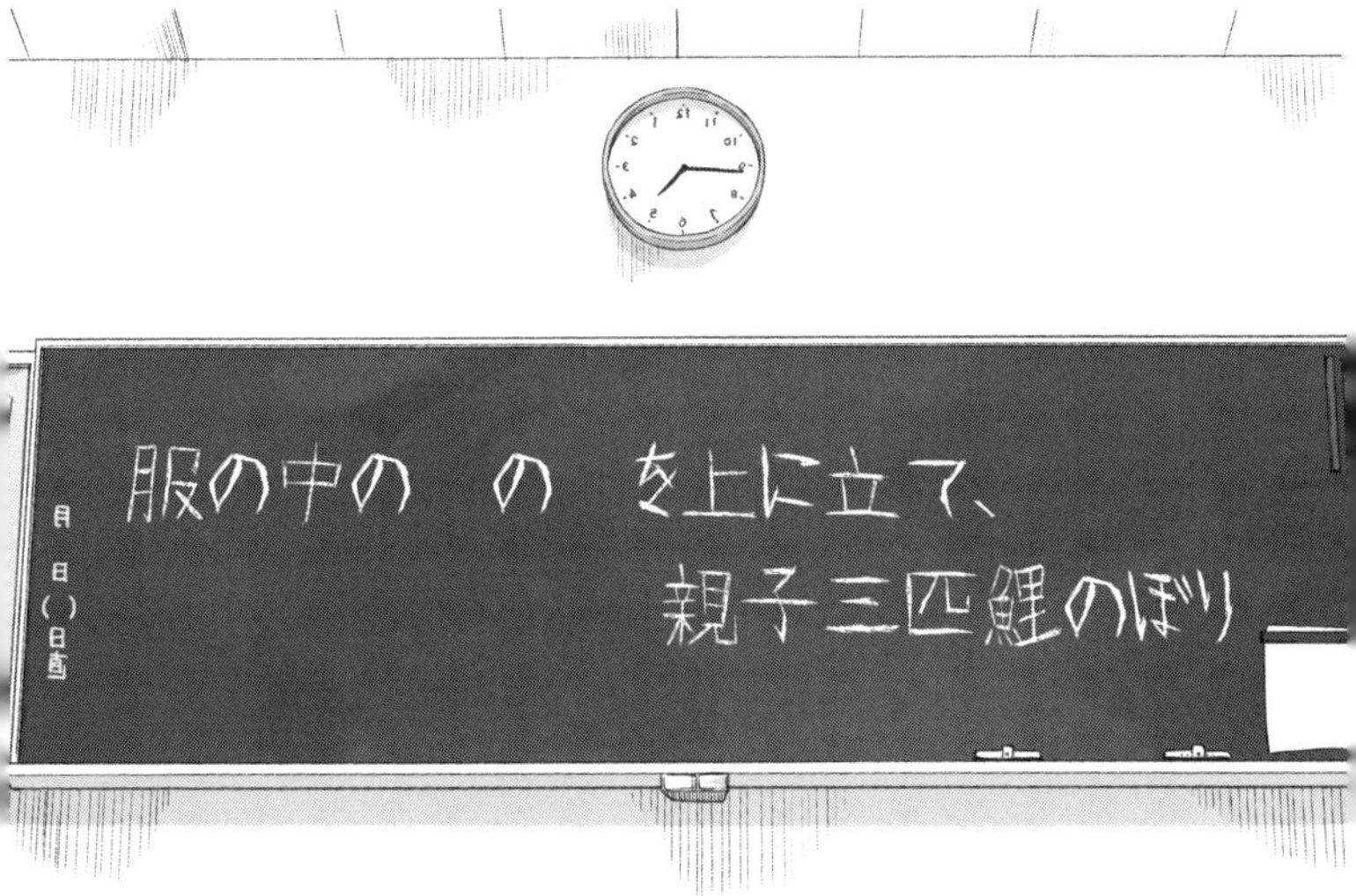

てないか見《み》に行《い》こうぜ」

それは奇《く》しくも、私《わたし》たちが最初《さいしょ》にやろうとしていたことだった。

簡単《かんたん》なことなのに、笑《わら》う女《おんな》が一人《ひとり》いるだけでこれほどまでに一《ひと》つの行動《こうどう》が難《むずか》しくなる。

いや、日本人形《にほんにんぎょう》だってそうだった。

言《い》うだけなら簡単《かんたん》なことが、こうも難《むずか》しくなるなんて。

「では、当初《とうしょ》の予定通《よていどお》り、僕《ぼく》と太陽《たいよう》くんは理科室《りかしつ》のほうに行《い》きます。春香《はるか》さんは図画工作《ずがこうさく》室《しつ》のほう、可能《かのう》ならば冬菜《ふゆな》さんと合流《ごうりゅう》して二人《ふたり》で調《しら》べてください」

いざ、移動《いどう》しようと言《い》われると不安《ふあん》が胸《むね》を締《し》めつける。

廊下《ろうか》に笑《わら》う女《おんな》がいるんじゃないか、私《わたし》も殺《ころ》されてしまうんじゃないかと思《おも》うと腰《こし》が重《おも》い。

「ま、まあ……やるしかないよね。太陽《たいよう》は冬菜《ふゆな》を迎《むか》えに行《い》きたいと思《おも》ってるだろうけど。方向《ほうこう》が違《ちが》うから私《わたし》が行《い》きますか」

恐怖《きょうふ》を振《ふ》り払《はら》おうと、太陽《たいよう》をいじりながらその場《ば》で立《た》ち上《あ》がった。

「な、なんだよ。なんで俺《おれ》が冬菜《ふゆな》を……」

「わかってるんだから。いつも冬菜《ふゆな》を気《き》にかけて、可愛《かわ》いがってたら誰《だれ》でもわかるでしょ。

冬菜《ふゆな》が好《す》きなことくらいね」

無理《むり》にニヤッと笑《わら》ってみせると、昴《すばる》が驚《おどろ》いたように太陽《たいよう》を見《み》る。

「えっ！　えっ!?　本当《ほんとう》ですか太陽《たいよう》くん。でも冬菜《ふゆな》さんは……ぶっ！」

昴《すばる》の口《くち》を塞《ふさ》いだ太陽《たいよう》が、はあっとため息《いき》をついて首《くび》を横《よこ》に振《ふ》った。

「バーカ。そんなことどうでもいいから、さっさと冬菜《ふゆな》と向《む》こうを調《しら》べて来《こ》いよ。何《なに》かあったら叫《さけ》べよな」

場《ば》の空気《くうき》がおかしく……はなっていないようで、なんとなく安心《あんしん》した。

この世界《せかい》のせいにしたくないけど、どんどん心《こころ》までが黒《くろ》く染《そ》まって行《い》くというか。

余計《よけい》な一言《ひとこと》まで言《い》ってやろうというおかしな空気《くうき》が強《つよ》くなっている気《き》がする。

今《いま》にも暴力《ぼうりょく》を振《ふ》るいそうな、そんな感《かん》じだ。

「じゃ、あんたたちが何《なに》かあっても呼《よ》ばないでね。こっちにも逃《に》げて来《こ》ないでよ？」

やっぱり、言《い》うつもりのない、言《い》わなくてもいいことを言《い》って、私《わたし》は教室《きょうしつ》から廊下《ろうか》に出《で》た。

これじゃあ私《わたし》が嫌《いや》なヤツだと思《おも》われてしまうけど、不思議《ふしぎ》とそう言《い》ってしまうのだ。

廊下《ろうか》の空気《くうき》は冷《つめ》たい。

そして、悪霊《あくりょう》が浮遊《ふゆう》していると言《い》われても不思議《ふしぎ》ではないくらいに暗《くら》く、何《なに》かが渦巻《うずま》いている感《かん》じがする。

息《いき》を止《と》めて、笑《わら》う女《おんな》の居場所《いばしょ》を確認《かくにん》しようと廊下《ろうか》を見《み》たけど、そこにはその姿《すがた》はなかった。

特徴《とくちょう》であるあの笑《わら》い声《ごえ》も聞《き》こえなくて、本当《ほんとう》にどこに潜《ひそ》んでいるのかわからない。

冷気《れいき》が、沈黙《ちんもく》が恐怖《きょうふ》となり、私《わたし》を優《やさ》しく包《つつ》みこむ。

一歩《いっぽ》踏《ふ》み出《だ》せば、足《あし》の先《さき》から腐《くさ》れ落《お》ちてしまいそうな、異常《いじょう》で異質《いしつ》な空間《くうかん》。

教室《きょうしつ》を通《とお》りすぎ、女子《じょし》トイレの前《まえ》に差《さ》しかかったとき。

トイレの個室《こしつ》から、首《くび》を揺《ゆ》らして出《で》てきた笑《わら》う女《おんな》を見《み》てしまったのだった。

ゆっくりと入《い》り口《ぐち》に迫《せま》ってくる。

私《わたし》のことを感知《かんち》しているわけではないだろうけど、それはとても不気味《ぶきみ》で恐《おそ》ろしい光景《こうけい》だった。

まずい、これはまずい。

呼吸《こきゅう》をしていないから襲《おそ》われることはないだろうけど、迫《せま》り来《く》る笑《わら》う女《おんな》の妙《みょう》な圧力《あつりょく》に息《いき》が漏《も》れてしまいそうだ。

早《はや》く移動《いどう》したいのに、激《はげ》しく動《うご》けばそれこそ息《いき》が漏《も》れる。

ゆっくりと、笑《わら》う女《おんな》を見《み》ないように窓側《まどがわ》に顔《かお》を向《む》けて歩《ある》き出《だ》す。

「うふふふ、あはははは……」

笑《わら》い声《ごえ》が私《わたし》の隣《となり》から聞《き》こえる。

おかしいわけではない、ただ乾《かわ》いた笑《わら》い。

私《わたし》たち人間《にんげん》が自然《しぜん》と呼吸《こきゅう》をするように、この笑《わら》う女《おんな》も自然《しぜん》と呪《のろ》いの言葉《ことば》のような笑《わら》い声《ごえ》を出《だ》しているのだろう。

それが人間《にんげん》に恐怖《きょうふ》を与《あた》え、不安《ふあん》と絶望《ぜつぼう》、そして呼吸《こきゅう》を促《うなが》して居場所《いばしょ》を特定《とくてい》するのだ。

恐怖《きょうふ》に支配《しはい》されないよう、気《き》をしっかり持《も》って図画工作室《ずがこうさくしつ》のほうへと歩《ほ》を進《すす》める。

ヒタ……ヒタ……

しかし足音《あしおと》は変《か》わらず私《わたし》の真横《まよこ》から聞《き》こえ、同《おな》じ方向《ほうこう》に動《うご》いているのだということがわかった。

押《お》し殺《ころ》していた恐怖《きょうふ》と、我慢《がまん》して止《と》めていた呼吸《こきゅう》が一気《いっき》に口《くち》から溢《あふ》れ出《だ》しそうになる。

どうしてこっちに来《く》るの!?

いや、よく考《かんが》えてみれば、私《わたし》たちがいた教室《きょうしつ》から出《で》て、女子《じょし》トイレにいたならばこちら側《がわ》に来《く》るのは予想《よそう》がついたかもしれないけど。

恐怖《きょうふ》も呼吸《こきゅう》も限界《げんかい》になっていた私《わたし》に、そんなことを考《かんが》える余裕《よゆう》なんてなかった。

このままではどの道無理《みちむり》だ。

男子《だんし》トイレに逃《に》げこむか、走《はし》って階段《かいだん》の向《む》こうの教室《きょうしつ》まで行《い》くか。

とてもそこまで我慢出来《がまんでき》ない。

男子《だんし》トイレに逃《に》げ込《こ》んで、個室《こしつ》の隅《すみ》で小《ちい》さく呼吸《こきゅう》をすれば大丈夫《だいじょうぶ》かもしれないと思《おも》い、笑《わら》う女《おんな》を先《さき》に行《い》かせて男子《だんし》トイレに入《はい》ろうとしたけど。

「いひひひひひ。うふふふふふ」

笑《わら》う女《おんな》がまさか、私《わたし》の考《かんが》えを読《よ》んでいるように男子《だんし》トイレの中《なか》に入《はい》って行《い》ったのだ。

これで困《こま》ったのは私《わたし》のほうだ。

息《いき》がもう持《も》たないのに、逃《に》げ込《こ》もうとした先《さき》に笑《わら》う女《おんな》が入《はい》るなんて。

引《ひ》き返《かえ》して女子《じょし》トイレに入《はい》って、一《いち》か八《ばち》かで呼吸《こきゅう》をすべきか、それとも先《さき》を急《いそ》ぐべきか。

私《わたし》は……

口《くち》を押《お》さえて走《はし》った。

あまりの苦《くる》しさに、涙《なみだ》を流《なが》しながら必死《ひっし》に。

階段《かいだん》の前《まえ》、そして倉庫《そうこ》を通《とお》りすぎて、四年一組《よねんいちくみ》の教室《きょうしつ》に文字通《もじどお》り飛《と》び込《こ》んで。

ドアを閉《し》めると同時《どうじ》に、胸《むね》の中《なか》にある不安《ふあん》と恐怖《きょうふ》を吐《は》き出《だ》すようにして、酸素《さんそ》を肺《はい》いっぱいに取《と》り込《こ》んだ。

「はあっ……はぁ……はぁ……笑《わら》う女《おんな》は……来《き》てない？」

慌《あわ》ててドアに耳《みみ》を当《あ》てて廊下《ろうか》の音《おと》を聞《き》くが……足音《あしおと》はない。

よかった、笑《わら》う女《おんな》は男子《だんし》トイレからは出《で》てきていないようで、一気《いっき》に疲労《ひろう》と安堵《あんど》に包《つつ》まれたのだ。

「どうしよう……冬菜《ふゆな》と合流《ごうりゅう》って言《い》っても、笑《わら》う女《おんな》がこっちに来《き》てるなら、倉庫《そうこ》から出《で》ないほうが絶対《ぜったい》にいいよね。あんな殺《ころ》され方《かた》をしたんだから怖《こわ》いと思《おも》うし……」

三階《さんかい》にいた日本人形《にほんにんぎょう》とは違《ちが》う。

日本人形《にほんにんぎょう》は封印《ふういん》する手段《しゅだん》があり、それがなんとなくわかったけれど、この笑《わら》う女《おんな》は何《なに》をどうすればいいのかわからない。

そもそもが、四季小七不思議《しきしょうななふしぎ》なんて知《し》らないのに、その七不思議《ななふしぎ》がこちらの世界《せかい》で実際《じっさい》に発生《はっせい》しているのだからどうすることも出来《でき》ないのだ。

などと考《かんが》えていると、廊下《ろうか》のほうからかすかに声《こえ》が聞《き》こえて来《き》た。

「……ちゃん、春香《はるか》ちゃん？　もしかして昴《すばる》くん？」

私《わたし》か昴《すばる》を呼《よ》ぶ声《こえ》。

それは、隣《となり》の倉庫《そうこ》にいるはずの冬菜《ふゆな》の声《こえ》だった。

「冬菜《ふゆな》!?　私《わたし》……」

驚《おどろ》いて声《こえ》を上《あ》げたが、慌《あわ》てて口《くち》を手《て》で押《お》さえた。

笑《わら》う女《おんな》に聞《き》かれてしまうかもしれないと、反射的《はんしゃてき》にそんな行動《こうどう》を取《と》ったが、そもそも笑《わら》う女《おんな》に音《おと》を聞《き》き取《と》る力《ちから》はないと思《おも》い出《だ》し、手《て》を離《はな》した。

「冬菜《ふゆな》、合流《ごうりゅう》したいけど、多分笑《たぶんわら》う女《おんな》がこっちに来《き》てる。大丈夫《だいじょうぶ》になったら呼《よ》ぶから、それまでその中《なか》で待《ま》っってて！」

「う、うん……わかった。それまでに何《なに》かヒントがないか、倉庫《そうこ》の中《なか》を調《しら》べておくね」

「頼《たの》んだよ。こっちも少《すこ》しヒントみたいなものが見《み》つ……」

そこまで話《はな》したときだった。

「あひゃひゃひゃひゃひゃひゃ！　いひひうふえへほほほほほほ！」

あまりにもドアに近《ちか》づいて話《はな》していたからか、悪意《あくい》に満《み》ちた笑《わら》い声《ごえ》が、男子《だんし》トイレから飛《と》び出《だ》して来《き》たのだった。

これはまずいとドアの横《よこ》の壁《かべ》に背《せ》を付《つ》け、限界《げんかい》まで小《ちい》さく呼吸《こきゅう》をしながら、笑《わら》う女《おんな》が来《く》るのを待《ま》った。

「あひひひひひふひゃひゃひゃはは！」

教室《きょうしつ》の外《そと》、壁《かべ》を挟《はさ》んで向《む》こう側《がわ》の廊下《ろうか》にそれはいる。

恐怖《きょうふ》の呼吸《こきゅう》が教室《きょうしつ》の前《まえ》まで漏《も》れていたのか、それを感知《かんち》して笑《わら》う女《おんな》がここまで来《き》たのだろう。

なぜドアを開《あ》けないのか、教室《きょうしつ》の中《なか》に入《はい》って来《こ》ないのか、私《わたし》なりに考《かんが》える。

さっき、女子《じょし》トイレの隣《となり》の教室《きょうしつ》で三人話《さんにんはな》していたのに、笑《わら》う女《おんな》は私《わたし》たちを襲《おそ》って来《こ》なかった。

だけど今《いま》は、私《わたし》の恐怖《きょうふ》の呼吸《こきゅう》を追《お》ってここまでやって来《き》た。

なんとなくだけど、それはドアが閉《し》まっていたから、恐怖《きょうふ》の呼吸《こきゅう》の臭《にお》いがしなかったんじゃないか。

そして、三人一緒《さんにんいっしょ》にいて、黒板《こくばん》の文字《もじ》の意味《いみ》を考《かんが》えていたから、一人《ひとり》でいる今《いま》よりも恐《きょう》怖《ふ》を感《かん》じなかったんじゃないかなって。

まあ、勉強《べんきょう》で頼《たよ》りになる昴《すばる》と、勉強以外《べんきょういがい》で頼《たよ》りになる太陽《たいよう》が一緒《いっしょ》にいたから、死体《したい》の山《やま》があったとしてもそれほど恐怖《きょうふ》は感《かん》じなかったかもしれない。

というよりも、あまりにも残酷《ざんこく》な光景《こうけい》を目《ま》の当《あ》たりにしすぎて、その感覚《かんかく》が徐々《じょじょ》に麻痺《まひ》して来《き》ているのだろう。

今《いま》のように、命《いのち》の危機《きき》に晒《さら》されない限《かぎ》りは、感覚《かんかく》が鈍《にぶ》くなり始《はじ》めているのだ。

教室《きょうしつ》の外《そと》に笑《わら》う女《おんな》がいる。

私《わたし》は身《み》を小《ち》さ《い》くして息《いき》を止《と》め、早《はや》くいなくなれと祈《いの》ることしか出来《でき》なかった。

ギギ……ギギーッ！

磨《す》りガラスを、爪《つめ》で引《ひ》っ掻《か》く音《おと》が頭上《ずじょう》から聞《き》こえた。

瞬間《しゅんかん》、声《こえ》が漏《も》れそうになり、慌《あわ》てて耳《みみ》を塞《ふさ》いだ。

私《わたし》はこの音《おと》が嫌《きら》いだ。

黒板《こくばん》を引《ひ》っ掻《か》く音《おと》も、ガラスを引《ひ》っ掻《か》く音《おと》も、発泡《はっぽう》スチロールが擦《す》れる音《おと》も嫌《きら》いな私《わたし》にとって、明《あき》らかに悪意《あくい》のあるこの音《おと》はたまったものじゃない。

ギギッ、ギーギギッ！

耳《みみ》を塞《ふさ》いでいても聞《き》こえるその音《おと》に身悶《みもだ》えて、少《すこ》しでもその場所《ばしょ》から離《はな》れようとしたけれど……次《つぎ》の瞬間《しゅんかん》、ガラッという音《おと》と共《とも》に窓《まど》が開《ひら》き、私《わたし》は動《うご》きを止《と》めた。

「あへへへへ、あははひひひ」

ガラスを引《ひ》っ掻《か》く音《おと》に変《か》わり、笑《わら》う女《おんな》の声《こえ》が聞《き》こえる。

すんすんと鼻《はな》を鳴《な》らして、私《わたし》の恐怖《きょうふ》をかぎとっているが、臭《にお》いがあるのかないのかわからない様子《ようす》。

もしかしたら、恐怖《きょうふ》の臭《にお》いはすぐに消《き》えるのかもしれない。

そうでなければ、その臭《にお》いを辿《たど》っていくらでも付《つ》いてくると思《おも》うから。

という考《かんが》えに至《いた》っても、まだ笑《わら》う女《おんな》は頭上《ずじょう》にいる。

もう少《すこ》し息《いき》を止《と》めていられる余裕《よゆう》はあるものの、不測《ふそく》の事態《じたい》で噴《ふ》き出《だ》してしまう可能性《かのうせい》がある。

そうならないようにと、ゆっくりゆっくり壁沿《かべぞ》いに横移動《よこいどう》しようと動《うご》き始《はじ》めたとき。

ガンッ！　と、ノコギリが窓枠《まどわく》に打《う》ちつけられ、それに付《つ》いていた不可解《ふかかい》な塊《かたまり》が、ボトリと私《わたし》の右足《みぎあし》に落《お》ちたのだった。

「うひっ！　は、はわわわわっ！」

足《あし》に付《つ》いた不明《ふめい》な何《なに》かに驚《おどろ》き、反射的《はんしゃてき》に払《はら》おうと身体《からだ》が震《ふる》えてしまう。

ブヨブヨしたそれを手《て》で払《はら》って、背筋《せすじ》に悪寒《おかん》を感《かん》じた瞬間《しゅんかん》、私《わたし》はしまったという思《おも》いと共《とも》に、教室《きょうしつ》を覗《のぞ》きこむ笑《わら》う女《おんな》の顔《かお》を見《み》た。

ニタリと笑《わら》う口《くち》、木《き》の棒《ぼう》のようなものが突《つ》き刺《さ》さっている目《め》と耳《みみ》。

それが私《わたし》に向《む》けられたものだとわかった途端《とたん》、その口《くち》がさらに嬉《うれ》しそうに、醜《みにく》く歪《ゆが》んだ。

窓枠《まどわく》に打《う》ちつけられたノコギリが力任《ちからまか》せに引《ひ》き抜《ぬ》かれて頭上《ずじょう》に掲《かか》げられる。

なんてミスをしたんだろう。

すでに遅《おそ》いとわかっていながらも、これで二回目《にかいめ》の死《し》を迎《むか》えてしまうのかと、涙《なみだ》を浮《う》かべて息《いき》を止《と》めて後退《あとずさ》りをした。

一秒《いちびょう》。

一秒遅《いちびょうおそ》ければ私《わたし》は死《し》んでいただろう。

私《わたし》がいた場所《ばしょ》にノコギリが振《ふ》り下《お》ろされ、空《くう》を切《き》ったのを見《み》て、恐怖《きょうふ》が足元《あしもと》から這《は》い上《あ》がってくるのがわかった。

このままではダメだ、いずれ私《わたし》は殺《ころ》されてしまう。

不気味《ぶきみ》に笑《わら》う目《め》の前《まえ》の怪物《かいぶつ》を見《み》ながらそう諦《あきら》めそうになったとき、その声《こえ》は聞《き》こえた。

「おい！　この教室《きょうしつ》の黒板《こくばん》にも何《なに》かが……って、うわ、まずい！」

廊下《ろうか》から声《こえ》が聞《き》こえると同時《どうじ》に、笑《わら》う女《おんな》が急《きゅう》に身体《からだ》を起《お》こして廊下《ろうか》の反対側《はんたいがわ》の理科室《りかしつ》を見《み》て。

「ひーひゃはははははっ！　うひひははははほほ！」

嬉《うれ》しそうな笑《わら》い声《ごえ》を上《あ》げながら、太陽《たいよう》のほうへと走《はし》って行《い》ったのだった。

あ、危《あぶ》なかった。

太陽《たいよう》がいなかったら私《わたし》は死《し》んでた。

慌《あわ》てて窓《まど》を閉《し》めて、ホッと安堵《あんど》の吐息《といき》を漏《も》らした。

「危《あぶ》ない……本当《ほんとう》に危《あぶ》なかったよ。それにしても太陽《たいよう》、廊下《ろうか》で呼《よ》んだら笑《わら》う女《おんな》に臭《にお》いをかがれてしまうのに。何《なに》も考《かんが》えてないんだから」

しかしそのおかげで助《たす》かったのは事実《じじつ》で、太陽《たいよう》のドジを責《せ》めることなんてとても出来《でき》ない。

教室《きょうしつ》の中《なか》を見回《みまわ》したけれど、先程《さきほど》の教室《きょうしつ》のように黒板《こくばん》に何《なに》かが書《か》かれているわけではない。

となれば、隣《となり》の教室《きょうしつ》に行《い》くのが先《さき》か、冬菜《ふゆな》と合流《ごうりゅう》するのが先《さき》か。

「……冬菜《ふゆな》は倉庫《そうこ》の中《なか》を調《しら》べるって言《い》ってたから、私《わたし》はまずこっち側《がわ》の教室《きょうしつ》を調《しら》べたほうがいいよね。入《はい》れない倉庫《そうこ》に冬菜《ふゆな》がいるなら、いるうちに調《しら》べてもらったほうがいいもんね」

恐怖《きょうふ》を掻《か》き消《け》すように、今《いま》からすべきことを唱《とな》えて、ゆっくり立《た》ち上《あ》がった。

息《いき》を止《と》めて、隣《となり》の教室《きょうしつ》に向《む》かうために。

大《おお》きく息《いき》を吸《す》って、後《うし》ろのドアを開《あ》けて廊《ろう》下《か》に出《で》た。

隣《となり》の教室《きょうしつ》に入《はい》り、ドアを閉《し》めて止《と》めていた息《いき》を吐《は》く。

顔《かお》を上《あ》げた私《わたし》は……黒板《こくばん》に書《か》かれたその文《も》字《じ》に気《き》づいた。

『父《ちち》がとを開《あ》け、雨宿《あまやど》り』

さっきもそうだったけど、全然《ぜんぜん》意味《いみ》がわからない。

「父《ちち》がとを開《あ》け……って、お父《とう》さんはここにいないし、雨《あめ》が降《ふ》ってるわけでもないよね。

さっきといいこれといい、なんなの全然《ぜんぜん》わかんない」

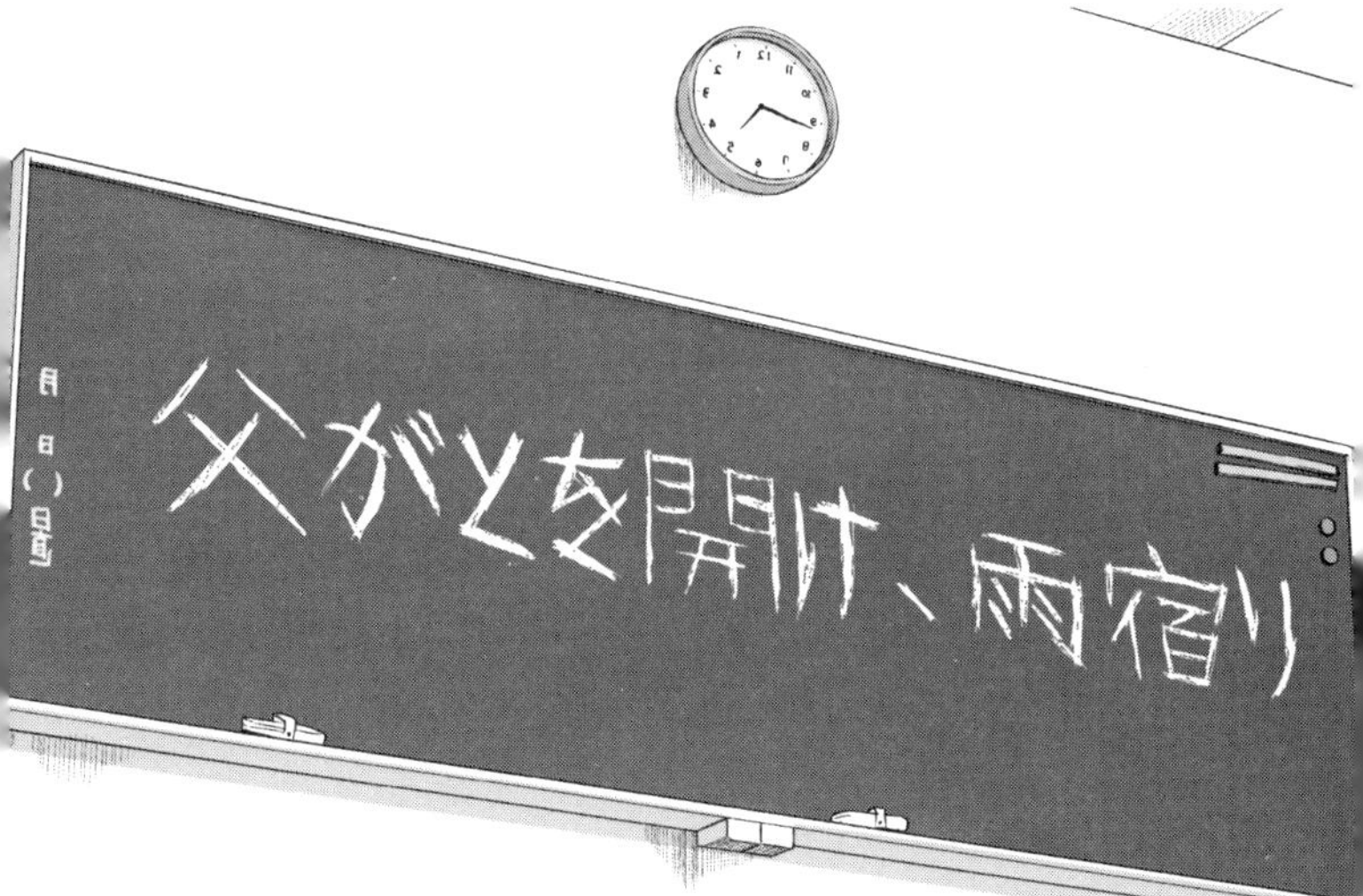

さっき見《み》た黒板《こくばん》の文字《もじ》も、服《ふく》からのを立《た》てて鯉《こい》のぼりにするとかわけのわからないものだったし、そもそも意味《いみ》があるのかどうか。

なんにしても、きっとこの答《こた》えに辿《たど》り着《つ》くのは私《わたし》ではないのだろうな。

とりあえず書《か》いてある文字《もじ》だけを覚《おぼ》えて、残《のこ》すは七不思議《ななふしぎ》のタイトルにもなっている図画工作室《ずがこうさくしつ》を調《しら》べるだけだ。

息《いき》を止《と》めて、廊下《ろうか》の突《つ》き当《あ》たりにある図画工作室《ずがこうさくしつ》に向《む》かった。

チラリと理科室《りかしつ》のほうを見《み》ると、笑《わら》う女《おんな》が廊下《ろうか》で立《た》ち尽《つ》くしている。

途中《とちゅう》で太陽《たいよう》の恐怖《きょうふ》の呼吸《こきゅう》の臭《にお》いをかぎとれなくなったのか、キョロキョロと不思議《ふしぎ》そうに。

そんな笑《わら》う女《おんな》を一瞥《いちべつ》して図画工作室《ずがこうさくしつ》に入《はい》り、ふうっと呼吸《こきゅう》をして室内《しつない》に目《め》を向《む》けると……それはいた。

窓《まど》のほう、掃除用具入《そうじようぐい》れの前《まえ》。

黒《くろ》い影《かげ》が、私《わたし》を見《み》ているのだとわかった。

笑《わら》う女《おんな》じゃない。

「だ、誰《だれ》……冬菜《ふゆな》じゃ……ないよね？」

そう私《わたし》が尋《たず》ねると、黒《くろ》い影《かげ》はゆっくりとこちらに近《ちか》づいて来《き》て。

「は、春香《はるか》？　本当《ほんとう》に春香《はるか》なの!?」

笑《わら》う女《おんな》じゃなくてもわかる恐怖《きょうふ》に引《ひ》きつった声《こえ》。

そしてその声《こえ》には聞《き》き覚《おぼ》えがあった。

「もしかして……ヒナコ？」

私《わたし》が尋《たず》ねた途端《とたん》ヒナコは駆《か》け出《だ》して、私《わたし》に飛《と》びつくようにして抱《だ》きついたのだ。

「よかった……よかったよ春香《はるか》！　わ、私《わたし》、昨日《きのう》から何度《なんど》も殺《ころ》されて……家《いえ》には帰《かえ》れないし、怖《こわ》いお化《ば》けがいるし……もう嫌《いや》だ！　嫌《いや》だよ！」

一人《ひとり》なのだろう。

もしも何人《なんにん》も友達《ともだち》がいるなら、一緒《いっしょ》に行動《こうどう》しているはずだから。

「お、落《お》ち着《つ》いて。と言《い》っても、私《わたし》もさっきこの世界《せかい》に来《き》たばかりだから、何《なに》もわからないんだけどね」

ヒナコを落《お》ち着《つ》かせようとしたけど、突然再会《とつぜんさいかい》した私《わたし》のほうが動揺《どうよう》を隠《かく》せない。

なぜなら……

「う、うん。そうだね。私《わたし》、ミサとマキに三階倉庫《さんかいそうこ》に来《き》てって言《い》われて……それで川端先《かわばたせん》生《せい》に『呪《のろ》いの大鏡《おおかがみ》』に入《い》れられて。それで」

私《わたし》から離《はな》れたヒナコは、もう目《め》から上《うえ》が黒《くろ》く、悪魔《あくま》に変貌《へんぼう》していたからだ。

顔《かお》だけではなく、手《て》も、足《あし》も、身体《からだ》の半分以上《はんぶんいじょう》が悪魔《あくま》と入《い》れ替《か》わっている。

ここに来《く》る前《まえ》、三階倉庫《さんかいそうこ》でヒナコを見《み》たとき、気味《きみ》は悪《わる》かったものの、川端先生《かわばたせんせい》とは違《ちが》ってヒナコはほとんど変化《へんか》はなかった。

そうだよ。元《もと》の世界《せかい》のヒナコが悪魔《あくま》と入《い》れ替《か》わっているなら、あまり変化《へんか》がないということは、こちらのヒナコが悪魔《あくま》になりつつあるってことなのだ。

「ヒ、ヒナコ、あんたどれだけ殺《ころ》されたの。もうほとんど悪魔《あくま》と入《い》れ替《か》わってるじゃない……」

「い、言《い》わないでよ、そういう春香《はるか》は……全然死《ぜんぜんし》んでないの？　うらやましい」

「私《わたし》たちは『春夏秋冬班《しゅんかしゅうとうはん》』全員《ぜんいん》で来《き》てるからね。全員《ぜんいん》で五回殺《ごかいころ》されてるから、一人《ひとり》だったらそれ以上殺《いじょうころ》されてたかも」

話《はな》しているとわかる。

半分以上悪魔《はんぶんいじょうあくま》になっていると言《い》っても、中身《なかみ》は間違《まちが》いなくヒナコなんだと。

そして、怯《おび》えているということは、こんな外見《がいけん》でも殺《ころ》されているということなのだろう。

「あの笑《わら》う女《おんな》、どうすればいいかわからなくて。だって階段《かいだん》を上《あ》がっても下《お》りても、また二階《にかい》に戻《もど》ってくるんだよ。どうすればいいのよ。もう本当《ほんとう》にわからないよ」

昨日《きのう》から何度《なんど》も殺《ころ》されているというヒナコが言《い》うのだから、やはり笑《わら》う女《おんな》をどうにかしなければ、二階《にかい》からは抜《ぬ》け出《だ》せないのだろう。

となると、二階中央《にかいちゅうおう》の教室《きょうしつ》にあった遺体《いたい》の人《ひと》たちは、どうにかして抜《ぬ》け出《だ》したか……どこに行《い》くかはわからないけど、完全《かんぜん》に悪魔《あくま》と入《い》れ替《か》わったということなのだろうか。

「ヒナコ、私《わたし》もどうすればいいかはわからないけど、きっとみんなで考《かんが》えればどうにかなると思《おも》うよ。昴《すばる》も冬菜《ふゆな》もいるんだから。あと、ついでに太陽《たいよう》もね。だからみんなで一緒《いっしょ》に元《もと》の世界《せかい》に戻《もど》ろう。ね？」

必死《ひっし》に考《かんが》えてはいるんだけど、どうしたって昴《すばる》と冬菜《ふゆな》には敵《かな》わない。

自分《じぶん》の存在意義《そんざいいぎ》がわからなくなるときもあるけど、だからこそ何《なに》か役《やく》に立《た》たないとと思《おも》ってしまうんだ。

「う、うん。何度《なんど》も殺《ころ》されて、顔《かお》も変《へん》になっちゃって、どうすればいいかわからなくなってた。ありがとうね、春香《はるか》」

そうヒナコが言《い》ったときだった。

ガラリと、背後《はいご》でドアが開《ひら》いたのは。

「ひ、ひやぁっ!?」

不意《ふい》に開《ひら》いたドアに驚《おどろ》き、ヒナコに抱《だ》きつくように飛《と》び退《の》いた私《わたし》は、そんな状態《じょうたい》で慌《あわ》てて息《いき》を止《と》めたが……

「お、驚《おどろ》かないでよ春香《はるか》ちゃん……と、ひっ！　誰《だれ》!?」

ドアを閉《し》めながら、私《わたし》に抱《だ》きつかれたヒナコに驚《おどろ》いたのは冬菜《ふゆな》だった。

あの安全《あんぜん》な倉庫《そうこ》から飛《と》び出《だ》して、わざわざ私《わたし》がいる図画工作室《ずがこうさくしつ》にやってくるとは思《おも》わず、笑《わら》う女《おんな》だと思《おも》ってしまったよ。

「ふ、冬菜《ふゆな》か……姿《すがた》は変《か》わってるけどヒナコだよ。私《わたし》たちより多《おお》く殺《ころ》されたみたいで、悪《あく》魔《ま》との入《い》れ替《か》わりが進《すす》んでるみたい」

「そ、そう……また別《べつ》の怪物《かいぶつ》が現《あらわ》れたかと思《おも》ったけど、確《たし》かに言《い》われてみればヒナコちゃんかも……」

人《ひと》が気《き》にしていることでも平気《へいき》で言《い》ってしまうのは、冬菜《ふゆな》の良《よ》くもあり悪《わる》くもある性《せい》格《かく》だ。

ヒナコもそれがわかっているから、苦笑《にがわら》いを浮《う》かべるだけで済《す》んでいるけれど。

「でも……冬菜《ふゆな》も私《わたし》のこと言《い》えないかも。気《き》づいてる？　冬菜《ふゆな》の右目《みぎめ》の辺《あた》りが悪魔《あくま》になっているの」

急《きゅう》に図画《ずが》工作室《こうさくしつ》に入《はい》って来《き》た驚《おどろ》きが強《つよ》くて、私《わたし》はそれに気《き》づかなかった。

冬菜《ふゆな》の右目《みぎめ》から耳《みみ》にかけて、確《たし》かにヒナコが言《い》うように悪魔《あくま》との入《い》れ替《か》わりが発生《はっせい》していたのだ。

人《ひと》によって部位《ぶい》は違《ちが》うけれど、小《ちい》さくて可愛《かわい》らしい冬菜《ふゆな》の顔《かお》が変化《へんか》していたのは、少《すく》なからずショックだった。

「そ、それより！　あんたどうして倉庫《そうこ》から出《で》たのよ！　せっかく安全《あんぜん》だったのに、一度《いちど》出《で》ると戻《もど》れないんだよ!?」

右目《みぎめ》の辺《あた》りを触《さわ》って気《き》にしている様子《ようす》の、冬菜《ふゆな》の気《き》を逸《そ》らそうとしたわけではない。

それでも思《おも》い出《だ》したかのように、右手《みぎて》に持《も》っていた木《き》の棒《ぼう》を二本《にほん》私《わたし》たちに見《み》せたのだった。

薄汚《うすよご》れた、何《なに》かお経《きょう》のような文字《もじ》が書《か》いてある十五《じゅうご》センチくらいの棒《ぼう》だ。

「これ……倉庫《そうこ》の中《なか》で見《み》つけたの。小《ちい》さいけど、杭《くい》みたいな形《かたち》になってる」

「これがどうかしたの？　って、これ……もしかして、笑《わら》う女《おんな》の目《め》とか耳《みみ》に刺《さ》さってたヤツ？」

私《わたし》が間近《まぢか》で見《み》たのはついさっき、笑《わら》う女《おんな》が窓《まど》から教室《きょうしつ》の中《なか》を覗《のぞ》き込《こ》んだときに直視《ちょくし》してしまったから間違《まちが》いない。

だけど、これをどうすればいいのかはわからない。

三階《さんかい》の日本人形《にほんにんぎょう》は、ガラスケースを被《かぶ》せるだけでよかったけど……今回《こんかい》はこれで何《なに》かをするのだろうか。

「倉庫《そうこ》の中《なか》で？　そんなのわからないよ……私《わたし》、どこかにあの笑《わら》う女《おんな》を封印《ふういん》する何《なに》かがあるかと思《おも》って、何度《なんど》も殺《ころ》されながら全部《ぜんぶ》の教室調《きょうしつしら》べたんだから……」

思《おも》い返《かえ》してみれば、あの倉庫《そうこ》はドアに文字《もじ》が書《か》かれていて、それ以上《いじょう》のことはもうそこにはないと思《おも》い込《こ》んでいた。

だけど、冬菜《ふゆな》は倉庫《そうこ》を調《しら》べてこの奇妙《きみょう》な棒《ぼう》を見《み》つけ出《だ》したんだ。

これの厄介《やっかい》なところは、二階《にかい》に来《き》たばかりのときは笑《わら》う女《おんな》を見《み》ていないから、たとえ倉《そう》庫内《こない》を探《さが》してもこれが何《なに》を意味《いみ》するかわからないということだ。

つまり、笑《わら》う女《おんな》の目《め》と耳《みみ》に刺《さ》さっている木《き》の棒《ぼう》を覚《おぼ》えて、一度殺《いちどころ》されてから倉庫内《そうこない》を探《さが》さなければならないのだ。

「え、えっと……三階《さんかい》にいたのは日本人形《にほんにんぎょう》だから、ガラスケースで封印《ふういん》したわけで……二《に》階《かい》にいたのは『図画工作室《ずがこうさくしつ》の笑《わら》う女《おんな》』だから……この部屋《へや》に閉《と》じ込《こ》めればいいの？」

「わ、私《わたし》、昨日《きのう》の夜《よる》からずっとここに隠《かく》れてるけど、笑《わら》う女《おんな》が来《き》たことないよ？　だから春香《はるか》が来《き》たとき、また殺《ころ》されるんだって泣《な》きそうになったくらいだし」

そのヒナコの言葉《ことば》に私《わたし》と冬菜《ふゆな》は首《くび》を傾《かし》げた。

そうだとすると、倉庫《そうこ》だけでなくこの図画工作室《ずがこうさくしつ》も安全《あんぜん》だということになる。

「図画工作室《ずがこうさくしつ》の笑《わら》う女《おんな》」なのに、図画工作室《ずがこうさくしつ》に入《はい》って来《こ》ないとはどういうことなのか。

「えっと、正直《しょうじき》聞《き》きたくないんだけど、『図《ず》画工作室《がこうさくしつ》の笑《わら》う女《おんな》』ってどんな話《はなし》なの？　私《わたし》は知《し》らないから、教《おし》えてくれると助《たす》かるかなーなんて。き、聞《き》きたくはないんだけどね」

こんな暗《くら》くて怨念《おんねん》が渦巻《うずま》いているような学《がっ》校《こう》で怪談《かいだん》とか聞《き》きたくないけど、話《はなし》の内容《ないよう》を知《し》らないと、どうにもこの気持《きも》ち悪《わる》い感覚《かんかく》はなくならないと感《かん》じたから。

「えっと……確《たし》か、夜《よる》に学校《がっこう》に忘《わす》れ物《もの》を取《と》りに来《き》た四年生《よねんせい》は、足音《あしおと》を立《た》ててはいけない。階段《かいだん》を上《あ》がったら、教室《きょうしつ》に入《はい》るまで息《いき》をしてはいけない。『図画工作室《ずがこうさくしつ》の笑《わら》う女《おんな》』に気《き》づかれたら、頭《あたま》をノコギリで切《き》られて脳《のう》みそを

食《た》べられるから……って話《はなし》だったと思《おも》う」

初《はじ》めて聞《き》いたけど、とんでもなく直接的《ちょくせつてき》で乱暴《らんぼう》な怪談《かいだん》だな。

きっと「忘《わす》れ物《もの》をすると大変《たいへん》なことになるぞ」という、先生《せんせい》たちが作《つく》り出《だ》した話《はなし》なのだろうけど、それにしても脳《のう》みそを食《た》べられるなんて。

実際冬菜《じっさいふゆな》は食《た》べられてたけども。

話《はな》し終《お》わると、ヒナコは小《ちい》さく唸《うな》って顔《かお》をしかめた。

「あれ？　なんか私《わたし》が聞《き》いた話《はなし》とは違《ちが》うかも。お兄《にい》ちゃんがこの学校《がっこう》にいたときは、ちょっと違《ちが》う話《はなし》だったのかな」

こういう話《はなし》はきっと、時代《じだい》と共《とも》に変化《へんか》するのだろう。

紫《むらさき》だったりダッシュしてたりしていたおばあさんが、今《いま》ではスマホやパソコンに進出《しんしゅつ》しているくらいだから、幽霊《ゆうれい》にも最先端《さいせんたん》の波《なみ》が押《お》し寄《よ》せているに違《ちが》いない。

なんて考《かんが》えていたけど、どうやらヒナコが聞《き》いた話《はなし》は違《ちが》うようで。

「忘《わす》れ物《もの》をして学校《がっこう》に戻《もど》るとき、図画工作室《ずがこうさくしつ》に女《おんな》がいたら帰《かえ》らないと殺《ころ》されるって話《はなし》なんだけど。うちの学校《がっこう》って通学路《つうがくろ》が学校《がっこう》の横《よこ》にあるでしょ？　だから、図画工作室《ずがこうさくしつ》から女《おんな》に見《み》られていると、そのまま学校《がっこう》に入《はい》っちゃったら殺《ころ》されるの。ノコギリで頭《あたま》を切《き》られて、脳《のう》みそを食《た》べられてね」

結局《けっきょく》、脳《のう》みそを食《た》べられるのは変《か》わらないわけか。

それにしても……どちらの話《はなし》にもよくわからない点《てん》がある。

確《たし》かに話《はなし》は違《ちが》うのだけど、両方《りょうほう》に共通《きょうつう》して不可解《ふかかい》な点《てん》があるのだ。

「ねえ、どっちの話《はなし》もおかしくない？　私《わたし》たちが襲《おそ》われてる笑《わら》う女《おんな》と、二人《ふたり》の話《はなし》の笑《わら》う女《おんな》は同《おな》じなの？」

「どういうこと？　だってノコギリで頭《あたま》を切《き》って、脳《のう》みそを食《た》べるんだよ？　少《すこ》し違《ちが》っても同《おな》じじゃないの？」

まあ、話《はな》し手《て》によってその内容《ないよう》が少《すこ》しずつ変《か》わるのは仕方《しかた》ないのだけれど、この気味《きみ》の悪《わる》い空間《くうかん》にいるからか、鮮明《せんめい》に想像《そうぞう》してしまって違《ちが》いがわかるのだ。

「……確《たし》かに、実際《じっさい》の笑《わら》う女《おんな》は目《め》と耳《みみ》が潰《つぶ》れてるのに、私《わたし》の話《はなし》だと耳《みみ》は聞《き》こえるみたい。それに、ヒナコちゃんの話《はなし》だと目《め》も見《み》えるってことだよね？」

さすがは冬菜《ふゆな》、私《わたし》が抱《いだ》いていた違和感《いわかん》を完璧《かんぺき》に言《い》い当《あ》てた。

「そういえばそうだね。え、ちょっと待《ま》ってよ？　私《わたし》のお兄《にい》ちゃんがこの学校《がっこう》にいたときに聞《き》いた話《はなし》から、冬菜《ふゆな》が聞《き》いた話《はなし》の間《あいだ》に、目《め》が潰《つぶ》れたってこと？　で、ここにいる笑《わら》う女《おんな》は耳《みみ》も潰《つぶ》されてる。あとは……」

なんとなく次《つぎ》に何《なに》をすべきか、私《わたし》は理解出来《りかいでき》たかもしれない。

しかしそれを誰《だれ》がやるのかという疑問《ぎもん》はあった。間違《まちが》いなく死《し》の危険《きけん》があり、自分《じぶん》はやりたくないとみんな言《い》うだろうから。

「私《わたし》の考《かんが》えを言《い》うね。間違《まちが》ってるかもしれないから、笑《わら》わないでほしいんだけど……冬菜《ふゆな》が見《み》つけたこの棒《ぼう》を、笑《わら》う女《おんな》の鼻《はな》に突《つ》き刺《さ》すんじゃないかな……」

そんな冗談《じょうだん》みたいなことを自分《じぶん》で言《い》うなんて思《おも》いもよらなかった。

だけど、ヒナコの話《はなし》だと目《め》が見《み》えている。

でも冬菜《ふゆな》の話《はなし》だと目《め》は潰《つぶ》されてて、耳《みみ》と鼻《はな》は機能《きのう》してるみたいだから。

そしてこの空間《くうかん》にいる笑《わら》う女《おんな》は、耳《みみ》が潰《つぶ》されていた。

私《わたし》の考《かんが》えは、時代《じだい》の流《なが》れと共《とも》に目《め》に、耳《みみ》に杭《くい》を打《う》たれて恐怖《きょうふ》の呼吸《こきゅう》の臭《にお》いをかぐだけになってしまったのではないかということ。

「私《わたし》も……そう思《おも》う。だから、この二階《にかい》から抜《ぬ》け出《だ》す方法《ほうほう》があるとしたら、笑《わら》う女《おんな》の鼻《はな》にこれを刺《さ》せば……」

「臭《にお》いをかぐことが出来《でき》なくなったら、笑《わら》う女《おんな》はもう何《なに》も出来《でき》なくなるね。でも……誰《だれ》がそれやるの？　『春夏秋冬班《しゅんかしゅうとうはん》』だったら、太陽《たいよう》なのかな」

ヒナコが思《おも》っていることと私《わたし》が思《おも》っていることは同《おな》じだ。

身体《からだ》を使《つか》うことに関《かん》しては太陽《たいよう》が一番《いちばん》うまくやるだろうけど、ただそれだけでいいのだろうか。

「なんにしても二人《ふたり》を呼《よ》ばないと。笑《わら》う女《おんな》に追《お》われてないといいけど」

そうつぶやきながら私《わたし》は、図画工作室《ずがこうさくしつ》のドアを開《あ》けた。

廊下《ろうか》に笑《わら》う女《おんな》の姿《すがた》はないから、どこかの教室《きょうしつ》に入《はい》っているのだろうけど。

もしかして二人《ふたり》のどちらかがピンチなのかなと思《おも》いながらも、私《わたし》はその不吉《ふきつ》な考《かんが》えを振《ふ》り払《はら》うように声《こえ》を上《あ》げた。

「た、太陽《たいよう》っ！　昴《すばる》っ！　図画工作室《ずがこうさくしつ》に来《き》て！　多分見《たぶんみ》つけた！　見《み》つけたよ！」

廊下《ろうか》の端《はし》から端《はし》まで聞《き》こえるような声《こえ》。

大声《おおごえ》ではないけど、この静《しず》かな空間《くうかん》ならそれほど大《おお》きな声《こえ》でなくとも聞《き》こえるだろう。

しばらくして、奥《おく》のほうの教室《きょうしつ》から口《くち》を押《お》さえて飛《と》び出《だ》した二《ふた》つの影《かげ》。

必死《ひっし》に走《はし》ってこちらに向《む》かって来《き》ているけれど、その背後《はいご》から笑《わら》う女《おんな》も飛《と》び出《だ》して、二人《ふたり》を追《お》って走《はし》り出《だ》したのだ。

息《いき》を止《と》めて走《はし》ってるつもりだろうけど、きっと走《はし》る衝撃《しょうげき》で息《いき》が漏《も》れているに違《ちが》いない。

「来《き》てる！　後《うし》ろから来《き》てるよ！　息《いき》が漏《も》れてるんじゃないの!?」

私《わたし》の声《こえ》に慌《あわ》てた太陽《たいよう》が、昴《すばる》の口《くち》に手《て》を当《あ》てて、抱《だ》きかかえるようにして壁際《かべぎわ》に背《せ》を付《つ》けた。

間一髪《かんいっぱつ》と言《い》うべきか。

今《いま》まで昴《すばる》がいた場所《ばしょ》にノコギリが振《ふ》り下《お》ろされて、ギザギザの刃《は》が空《くう》を切《き》ったのだった。

「あひゃ？　うひひひえへへへへ……」

顔《かお》を左右《さゆう》に振《ふ》り、今《いま》までいたはずの昴《すばる》がいなくなったことを不思議《ふしぎ》に思《おも》っているのか。

その真横《まよこ》で息《いき》を止《と》めている二人《ふたり》は、恐怖《きょうふ》で震《ふる》えているのがわかった。

「あ、危《あぶ》ない。このままじゃ殺《ころ》されちゃうよ。どうしよう」

「こっちに引《ひ》き寄《よ》せるしかないかもね。まだ距離《きょり》はあるし、ほんの少《すこ》しだけ」

という話《はなし》を、ドアを開《あ》けてしているというのに、笑《わら》う女《おんな》はこちらを見向《みむ》きもしなかった。

わざとスーハースーハーと激《はげ》しく呼吸《こきゅう》をしてみせても、まるで何《なに》も気《き》づいていないように。

いや、この図画工作室《ずがこうさくしつ》を避《さ》けているようでさえあり、倉庫《そうこ》と同《おな》じく安全《あんぜん》な場所《ばしょ》という話《はなし》に信憑性《しんぴょうせい》を持《も》たせた。

「ここで何《なに》をしても笑《わら》う女《おんな》は来《こ》ないの!?　私《わたし》、隣《となり》の教室《きょうしつ》に引《ひ》きつける！　その間《あいだ》に二人《ふたり》を呼《よ》んで！」

このままでは二人《ふたり》が殺《ころ》されるかもしれないと思《おも》って私《わたし》は息《いき》を止《と》めて飛《と》び出《だ》した。

そして、一番近《いちばんちか》くの教室《きょうしつ》の前方《ぜんぽう》のドア。そこに入《はい》って深呼吸《しんこきゅう》すると、笑《わら》う女《おんな》はグリンッと首《くび》をこちらに向《む》けて走《はし》り出《だ》したのだ。

頭部《とうぶ》を前後左右《ぜんごさゆう》にガクガク揺《ゆ》らし、不気味《ぶきみ》な走《はし》りで迫《せま》る。

「ひっ」

思《おも》わず小《ちい》さな悲鳴《ひめい》を上《あ》げてしまう。改《あらた》めて見《み》ても、その不気味《ぶきみ》な姿《すがた》が怖《こわ》くないはずがないのだ。

教室《きょうしつ》の中《なか》に入《はい》って呼吸《こきゅう》を続《つづ》ける。

半分《はんぶん》開《あ》けていたドアが乱暴《らんぼう》に開《あ》けられ、笑《わら》う女《おんな》が教室《きょうしつ》の中《なか》に入《はい》って来《き》た。

その隙《すき》を突《つ》いて、太陽《たいよう》と昴《すばる》が静《しず》かに廊下《ろうか》を横切《よこぎ》って図画工作室《ずがこうさくしつ》へと向《む》かう。

もう私《わたし》も大丈夫《だいじょうぶ》かなと考《かんが》え、息《いき》を止《と》めたのだけれど。

教室《きょうしつ》の後《うし》ろのドアに向《む》かおうと歩《ある》き始《はじ》めた瞬間《しゅんかん》、私《わたし》がいる場所《ばしょ》に椅子《いす》が投《な》げつけられたのだった。

背《せ》もたれの部分《ぶぶん》がゴツッと頭《あたま》に当《あ》たり、その痛《いた》さのあまり息《いき》が漏《も》れてしまう。

同時《どうじ》に笑《わら》う女《おんな》。

「ひゃはははははははっ！　うひほひほひひひはひ！」

ひどく恐《おそ》ろしい笑《わら》い声《ごえ》と共《とも》に、机《つくえ》や椅子《いす》をめったやたらに投《な》げつけながらこちらに迫《せま》って来《き》たのだった。

まずい、今息《いまいき》を止《と》めたところで、このまま突《つ》っ込《こ》まれたら机《つくえ》に圧《お》されてまた息《いき》が漏《も》れてしまう。

デタラメに振《ふ》られているノコギリにも当《あ》たりそうで、ここで私《わたし》は死《し》ぬのかと諦《あきら》めそうになる。

近《ちか》づく、ギザギザの刃《は》。

これで切《き》られて脳《のう》みそを食《た》べられるなんて、冬菜《ふゆな》はどれほどの苦痛《くつう》を味《あじ》わっただろう。

頭蓋骨《ずがいこつ》を切断《せつだん》されるのを想像《そうぞう》するだけで頭《あたま》がおかしくなりそうだ。

もうダメだと、覚悟《かくご》を決《き》めたときだった。

「息《いき》を止《と》めろ！　おいノコギリ女《おんな》！　俺《おれ》はここにいるぜ！　来《こ》いよ！　スーハースーハースーハースーハー！」

その言葉《ことば》に思《おも》わず息《いき》を止《と》め、教室《きょうしつ》の入《い》り口《ぐち》に目《め》を向《む》けると、太陽《たいよう》がわざとらしく深呼《しんこ》吸《きゅう》をしていたのだ。

笑《わら》う女《おんな》が私《わたし》に向《む》かっている途中《とちゅう》で、太陽《たいよう》の呼吸《こきゅう》を感《かん》じたのだろう。

机《つくえ》が私《わたし》にコツンと当《あ》たったけれど、息《いき》が漏《も》れるほどではなかった。

ホッとしたのも束《つか》の間《ま》。

太陽《たいよう》のほうを振《ふ》り向《む》くと同時《どうじ》に振《ふ》られたノコギリが、私《わたし》の目《め》の前《まえ》を通《とお》りすぎた。

少《すこ》し額《ひたい》をかすり、わずかに痛《いた》みを感《かん》じたけど……私《わたし》は生《い》きているから大丈夫《だいじょうぶ》。

笑《わら》う女《おんな》は太陽《たいよう》を追《お》って教室《きょうしつ》を出《で》た。

と同時《どうじ》に教室《きょうしつ》の前方《ぜんぽう》の入《い》り口《ぐち》に太陽《たいよう》の姿《すがた》が。

「早《はや》く逃《に》げろよ！　俺《おれ》が引《ひ》きつけておくから！」

「待《ま》って、太陽《たいよう》も図画工作室《ずがこうさくしつ》に入《はい》って！　倉庫《そうこ》と同《おな》じで安全《あんぜん》らしいから！」

他《ほか》の教室《きょうしつ》へと逃《に》げるつもりだったのだろう。

私《わたし》の言葉《ことば》を疑《うたが》っている様子《ようす》で顔《かお》をしかめて、どうするか迷《まよ》っているようだった。

「いいから早《はや》く！　ヒナコが一晩無事《ひとばんぶじ》だったんだから信《しん》じて！」

それだけ言《い》って、再《ふたた》び息《いき》を止《と》めた私《わたし》は入《い》り口《ぐち》へと走《はし》った。

教室《きょうしつ》を出《で》ればすぐに図画工作室《ずがこうさくしつ》だ。

みんなが待《ま》つ部屋《へや》に飛《と》び込《こ》んで、大《おお》きく深呼吸《しんこきゅう》をしていると、同《おな》じように太陽《たいよう》も飛《と》び込《こ》んで来《き》たのだった。

こうなったら気《き》になるのは、笑《わら》う女《おんな》の動《うご》きだ。

慌《あわ》てて振《ふ》り返《かえ》ると……図画工作室《ずがこうさくしつ》の前《まえ》、笑《わら》う女《おんな》はボロボロの歯《は》を悔《くや》しそうに剥《む》き出《だ》しにして、こちらを向《む》いて立《た》ち尽《つ》くしていた。

「ほ、本当《ほんとう》に入《はい》って来《こ》ない……だけどどうして。あれは『図画工作室《ずがこうさくしつ》の笑《わら》う女《おんな》』でしょう？　それならなぜ入《はい》って来《こ》ないのか……不思議《ふしぎ》ですね」

昴《すばる》のその感覚《かんかく》は正《ただ》しいと思《おも》う。

私《わたし》も話《はなし》には聞《き》いていたけど、もしも笑《わら》う女《おんな》が予想《よそう》に反《はん》して入《はい》って来《き》たらどうしようと思《おも》っていたから。

「だ、だけど助《たす》かったぜ。安全《あんぜん》ならラッキーだ。いろいろとまとめようぜ。教室《きょうしつ》の黒板《こくばん》に書《か》いてあった文字《もじ》の意味《いみ》も考《かんが》えなきゃだしな」

そういえば私《わたし》も別《べつ》の文字《もじ》を見《み》つけたから、みんなに話《はな》せば何《なに》かがわかるかもしれない。

気味《きみ》が悪《わる》い笑《わら》う女《おんな》を見《み》ないようにドアを閉《し》めた冬菜《ふゆな》が、安心《あんしん》したようにため息《いき》をついた。

「はぁ!?　あいつの鼻《はな》にその棒《ぼう》を刺《さ》す!?　それ、正気《しょうき》かよ！」

冬菜《ふゆな》が倉庫《そうこ》で見《み》つけた、何《なに》か文字《もじ》が書《か》かれた棒《ぼう》。

そして顔《かお》のほとんどが悪魔《あくま》へと変化《へんか》しているヒナコを見《み》て、太陽《たいよう》は戸惑《とまど》いを隠《かく》せなかったようだけど、それよりも今《いま》からやらなければならないことに対《たい》する驚《おどろ》きのほうが大《おお》きかったみたいだ。

「二人《ふたり》の話《はなし》から察《さっ》するに、笑《わら》う女《おんな》は元々《もともと》は目《め》が見《み》えて、耳《みみ》も聞《き》こえていたわけですよね。今《いま》は臭《にお》いで感知《かんち》しているから、次《つぎ》は鼻《はな》を潰《つぶ》そうという考《かんが》えですよね……うーん」

驚《おどろ》く太陽《たいよう》とは対照的《たいしょうてき》に、本当《ほんとう》にそれでいいのかというような疑《うたが》いを隠《かく》さない昴《すばる》。

納得出来《なっとくでき》ないのはわかるよ。

私《わたし》たちだって試《ため》してもないし、「多分《たぶん》そうじゃないか」程度《ていど》の予想《よそう》なわけで。

そして、それを誰《だれ》が実行《じっこう》するのか。笑《わら》う女《おんな》のノコギリを掻《か》い潜《くぐ》って鼻《はな》に棒《ぼう》を刺《さ》すだなんて、冗談《じょうだん》みたいな話《はなし》だと思《おも》う。

「あ、そうだ。隣《となり》の教室《きょうしつ》の黒板《こくばん》に、また字《じ》が書《か》かれてたよ。『父《ちち》がとを開《あ》け、雨宿《あまやど》り』って書《か》いてあった」

私《わたし》がそう報告《ほうこく》すると、昴《すばる》はますます首《くび》を傾《かし》げて。

「こちらも太陽《たいよう》くんが見《み》つけてくれましたが、『そこに至《いた》れば、かんむりをさずかる』と」

「えっと……服《ふく》ののを立《た》てて鯉《こい》のぼり、父《ちち》が戸《と》を開《あ》けて雨宿《あまやど》りして、そこに至《いた》ったら冠《かんむり》をもらえるの？　これって何《なに》か意味《いみ》があるの？」

こういうときに、サッとまとめるはずの冬菜《ふゆな》がわからないのであれば、私《わたし》にわかるわけがない。

何《なに》かの暗号《あんごう》か、それともクイズにでもなっているのかと考《かんが》えてはみるものの、当然答《とうぜんこた》えなんて出《で》ない。

「私《わたし》もそれは見《み》たけど、何《なに》か意味《いみ》があるの？　全然《ぜんぜん》わからないし、私《わたし》より先《さき》に行《い》った人《ひと》たちはわかったのかな」

ヒナコでさえわからないなら、本当《ほんとう》に私《わたし》にはお手上《てあ》げだ。

「先《さき》に進《すす》むために謎《なぞ》を解《と》かなければならないのか、それとも謎《なぞ》を解《と》かなくとも先《さき》には進《すす》めるのか。僕《ぼく》たちがやることは、冬菜《ふゆな》さんが見《み》つけたこの棒《ぼう》を鼻《はな》に刺《さ》すということですかね」

「目《め》と耳《みみ》に刺《さ》さってるから、見《み》えないし聞《き》こえないわけか。で、鼻《はな》に刺《さ》したら臭《にお》いをかげなくなる……か。でも、そうなったら息《いき》を止《と》めなくてもいいんだよな？　正解《せいかい》か不正解《ふせいかい》かはわかんねえけど、それならやる価値《かち》はありそうだよな」

そう、最悪間違《さいあくまちが》っていたとしても、笑《わら》う女《おんな》の鼻《はな》が使《つか》えなくなってしまえば、私《わたし》たちは身《み》動《うご》きが取《と》りやすくなるのだ。

「それにしても、『図画工作室《ずがこうさくしつ》の笑《わら》う女《おんな》』だったら、図画工作室《ずがこうさくしつ》から出《で》ないでほしいよね。それどころか、ここに入《はい》って来《こ》られないなら『図画工作室《ずがこうさくしつ》を嫌《きら》う女《おんな》』だよ」

ヒナコが呆《あき》れたように言《い》ったその言葉《ことば》で、昴《すばる》が何《なに》かを思《おも》いついたように顔《かお》を上《あ》げて、図《ず》画工作室《がこうさくしつ》の入《い》り口《ぐち》をジッと見《み》つめた。


少《すこ》しして、私《わたし》たちが笑《わら》う女《おんな》の鼻《はな》に棒《ぼう》を刺《さ》すという行動《こうどう》に出《で》るときがやって来《き》た。

「こういうのは俺《おれ》の仕事《しごと》だ。任《まか》せろ」

震《ふる》えながら冬菜《ふゆな》から棒《ぼう》を受《う》け取《と》り、廊下《ろうか》に出《で》た太陽《たいよう》。

流《なが》れはこうだ。

太陽《たいよう》が図画工作室《ずがこうさくしつ》の前《まえ》で呼吸《こきゅう》をして笑《わら》う女《おんな》を引《ひ》き寄《よ》せる。

そして、ノコギリに当《あ》たらないように、ギリギリのところで息《いき》を止《と》めて回避《かいひ》。

笑《わら》う女《おんな》が太陽《たいよう》を探《さが》している間《あいだ》に、鼻《はな》に棒《ぼう》を刺《さ》すという流《なが》れだが……見《み》ているだけのこっちも怖《こわ》い。

昴《すばる》は何《なに》やら企《たくら》んでいるようだけど、それを教《おし》えてもくれずに。

ただ、言《い》う通《とお》りに動《うご》けと言《い》われ、私《わたし》たちはドアの後《うし》ろに隠《かく》れていた。

「じゃあ行《い》くぜ！　さあ来《こ》いよ、笑《わら》う女《おんな》！　スーハースーハー！」

太陽《たいよう》の深呼吸《しんこきゅう》が始《はじ》まった。

と同時《どうじ》に、隣《となり》の教室《きょうしつ》から飛《と》び出《だ》して声《こえ》を上《あ》げる笑《わら》う女《おんな》。

「あひゃひゃひゃひゃひゃっ！　うひひひひへっ！」

あまりにも近《ちか》い場所《ばしょ》、そしてあまりにも大声《おおごえ》で迫《せま》ってくるから、そこにいた全員《ぜんいん》が震《ふる》え、身《み》をすくめた。

「う、うわわわわっ！　わっ！」

慌《あわ》てて息《いき》を止《と》めた太陽《たいよう》に、笑《わら》う女《おんな》が迫《せま》る。

図画工作室《ずがこうさくしつ》の前《まえ》、不自然《ふしぜん》なほどにピタリと動《うご》きを止《と》め、不思議《ふしぎ》そうに太陽《たいよう》がいた場所《ばしょ》に顔《かお》を近《ちか》づける。

そうなるというのは今《いま》までの行動《こうどう》からわかっている。

だからこそ太陽《たいよう》は横《よこ》にズレていて、万《まん》が一《いち》のノコギリの一撃《いちげき》も警戒《けいかい》していたのだった。

今《いま》しかない。

私《わたし》が思《おも》うと同時《どうじ》に、太陽《たいよう》の手《て》が動《うご》いた。

強《つよ》く握《にぎ》り締《し》めた木《き》の棒《ぼう》を二本《にほん》、笑《わら》う女《おんな》の鼻《はな》の穴《あな》に突《つ》き刺《さ》したのだ。

「や、やった!?」

ドアの陰《かげ》から廊下《ろうか》を覗《のぞ》いていた私《わたし》が声《こえ》を上《あ》げたと同時《どうじ》に、昴《すばる》が図画工作室《ずがこうさくしつ》の入《い》り口《ぐち》に貼《は》られていた何《なに》かを剥《は》がして声《こえ》を上《あ》げる。

「まだです！　太陽《たいよう》くん！　笑《わら》う女《おんな》をこの教室《きょうしつ》の中《なか》に押《お》し込《こ》んでください！」

「え、ええっ!?　お、お前《まえ》！　そんなことは先《さき》に言《い》っておけよ！」

それでもなんとか笑《わら》う女《おんな》の背後《はいご》に回《まわ》って、図画工作室《ずがこうさくしつ》の中《なか》に蹴《け》り飛《と》ばした太陽《たいよう》。

パニックになったのは、安全《あんぜん》だと思《おも》われていた図画工作室《ずがこうさくしつ》に笑《わら》う女《おんな》が入《はい》って来《き》たのを目《ま》の当《あ》たりにした女子三人《じょしさんにん》だ。

昴《すばる》が入《い》り口《ぐち》の壁《かべ》に、剥《は》がした何《なに》かを再《ふたた》び貼《は》りつけて廊下《ろうか》に出《で》ると、私《わたし》たちが隠《かく》れていたほうのドアを開《あ》けて、三人《さんにん》を廊下《ろうか》に引《ひ》きずり出《だ》したのだった。

「あひゃあああああああっ！　いひゃっ！　いぎゃっ！」

図画工作室《ずがこうさくしつ》の中《なか》から、笑《わら》う女《おんな》の悲鳴《ひめい》のような声《こえ》が聞《き》こえる。

大暴《おおあば》れして私《わたし》たちを追《お》ってくるかと思《おも》ったけれど……そんな気配《けはい》はなかった。

「ふう……春香《はるか》さんたちが、図画工作室《ずがこうさくしつ》に笑《わら》う女《おんな》は入《はい》って来《こ》ないと教《おし》えてくれたおかげでなんとかなりましたよ。ここは恐《おそ》らく、三階《さんかい》で言《い》うところの日本人形《にほんにんぎょう》のガラスケースです。入《い》り口《ぐち》に御札《おふだ》が貼《は》ってあったから、笑《わら》う女《おんな》は図画工作室《ずがこうさくしつ》に入《はい》れなかったんですよ」


さっき昴《すばる》が剥《は》がしたのは、御札《おふだ》だったのか。

それならそうと、先《さき》に教《おし》えてくれたらよかったのに。

心《こころ》の準備《じゅんび》が出来《でき》ていなかったし、太陽《たいよう》が失敗《しっぱい》するかもと考《かんが》えたら、少《すこ》し怖《こわ》かったんだから。

「お、お前《まえ》！　早《はや》く言《い》えよな！　蹴飛《けと》ばす俺《おれ》の身《み》にもなれよ！」

「すみません太陽《たいよう》くん。ですが、笑《わら》う女《おんな》を封印出来《ふういんでき》ると確信《かくしん》を持《も》ってしまえば、かぎとるはずの『恐怖《きょうふ》の呼吸《こきゅう》』がなくなるのではと思《おも》ったものですから。恐怖《きょうふ》の呼吸《こきゅう》の臭《にお》いをかいでいるのであれば、少《すこ》しくらい不安要素《ふあんようそ》がなければ、恐怖《きょうふ》をかぎとることが出来《でき》ないと思《おも》いまして」

言《い》われてみれば、笑《わら》う女《おんな》は「恐怖《きょうふ》の呼吸《こきゅう》」をかぎとるって倉庫《そうこ》に書《か》いてあったな。

そう考《かんが》えれば黙《だま》っていた理由《りゆう》もわかるけど、それにしても乱暴《らんぼう》なやり方《かた》だ。

「それならそうと、先《さき》に説明《せつめい》してくれても……」

立《た》ち上《あ》がって、呆《あき》れた様子《ようす》で首《くび》を横《よこ》に振《ふ》った私《わたし》に、昴《すばる》が申《もう》し訳《わけ》なさそうに頭《あたま》を下《さ》げたときだった。

ガシャンと何《なに》かが割《わ》れた音《おと》が聞《き》こえた瞬間《しゅんかん》。

私《わたし》の首《くび》は何《なに》かによって切断《せつだん》され、床《ゆか》に落下《らっか》して「いたっ」という声《こえ》を出《だ》したが……それは声《こえ》になっていなかったようだ。

いや、私《わたし》だけじゃない。

近《ちか》くにいたヒナコと太陽《たいよう》の首《くび》も切断《せつだん》されて、同《おな》じように首《くび》が床《ゆか》に落下《らっか》したのだった。

図画工作室《ずがこうさくしつ》に閉《と》じ込《こ》められた笑《わら》う女《おんな》が、最後《さいご》の抵抗《ていこう》とばかりにノコギリを投《な》げたのだろう。

怪物《かいぶつ》の恐《おそ》ろしい力《ちから》で投《な》げられたそれは、見事《みごと》に私《わたし》たちを殺《ころ》したのだ。

第四章《だいよんしょう》　放送室《ほうそうしつ》の声《こえ》

切断《せつだん》された意識《いしき》が繋《つな》がり、水《みず》の中《なか》から一気《いっき》に飛《と》び出《だ》したかのように、止《と》まっていた呼《こ》吸《きゅう》が再開《さいかい》される。

「ぷはっ！　はぁ……はぁ……いっ……たーーーい！　何《なん》なのよ、何《なん》なのよもうっ！　最《さい》後《ご》に余計《よけい》なことしないでよもうっ！」

目《め》を覚《さ》ますとそこは二階倉庫《にかいそうこ》。

そうだとわかったのはドアに例《れい》の文字《もじ》が書《か》かれていたからだ。

「がはっ！　くそっ！　殺《や》られちまった！　また侵食《しんしょく》されたのかよ！」

太陽《たいよう》が慌《あわ》てて服《ふく》を捲《めく》ると、お腹《なか》が蛇腹《じゃばら》のようになって悪魔的《あくまてき》とも言《い》うべき姿《すがた》に変化《へんか》している。

私《わたし》の右足《みぎあし》の悪魔《あくま》も、もう膝《ひざ》くらいまで侵食《しんしょく》されているのが雰囲気《ふんいき》でわかる。

「ノコギリが飛《と》んで来《く》るなんて思《おも》わなかったよね……殺《ころ》されたのは私《わたし》と太陽《たいよう》と……あとはヒナコ？」

身体《からだ》を起《お》こして辺《あた》りを見回《みまわ》すけれど……ヒナコの姿《すがた》はどこにもなかった。

おかしいな。

死《し》ぬ間際《まぎわ》、ヒナコの首《くび》も落《お》ちたような気《き》がするんだけど、どうしていないんだろう。

「昴《すばる》のヤツ、頭《あたま》を下《さ》げて命《いのち》が助《たす》かるなんてツイてるよな。冬菜《ふゆな》はまだ立《た》ってなかったから大丈夫《だいじょうぶ》か。ヒナコは……あれ？　いやいや、死《し》んだよな、あいつ」

太陽《たいよう》が首《くび》を傾《かし》げながら立《た》ち上《あ》がり、室内《しつない》を見回《みまわ》したあとに廊下《ろうか》に出《で》ようとする。

室内《しつない》には特《とく》に何《なに》も変《か》わったことはない。

何《なに》か変化《へんか》があったかと目《め》を凝《こ》らしたけれど、何《なに》もなさそうだ。

廊下《ろうか》に出《で》ると、そこはなんとグロテスクなのだろうか。

私《わたし》と太陽《たいよう》の首《くび》が切断《せつだん》された遺体《いたい》が図画工作室《ずがこうさくしつ》の前《まえ》に、私《わたし》たちを殺害《さつがい》したノコギリはトイレの前《まえ》にころがっていた。

「うへぇ……俺《おれ》の死体《したい》がある。てか、自分《じぶん》の死体《したい》を見《み》るとかかなりキモいんだけどどうよ」

「私《わたし》だって嫌《いや》だし。というか……あれ？　ヒナコがいないけど、どうして？」

不思議《ふしぎ》なことに、私《わたし》と太陽《たいよう》の首《くび》が飛《と》んだ遺体《いたい》はあったけれど、一緒《いっしょ》にいたはずのヒナコは姿《すがた》が見《み》えなかったのだ。

図画工作室《ずがこうさくしつ》の前《まえ》で怯《おび》えている冬菜《ふゆな》と昴《すばる》も、遺体《いたい》の私《わたし》たちと生《い》きている私《わたし》たちを見《み》て困惑《こんわく》している様子《ようす》。

「い、いや、わ、わかってる、わかっているさ。死《し》んだら倉庫《そうこ》で生《い》き返《かえ》るというのは理解《りかい》しているさ。だけど、こうして死《し》んだ本人《ほんにん》と生《い》きている姿《すがた》を見《み》ると……頭《あたま》が混乱《こんらん》してしまいますね」

「わ、私《わたし》もこうだったの？　じゃあ、どこかに死《し》んだ私《わたし》もいるってこと？　なんだか気味《きみ》が悪《わる》い……」

何《なに》かがおかしい。

確《たし》かに二人《ふたり》は私《わたし》たちを見《み》てはいるけど、そこにヒナコがいないことについての言及《げんきゅう》はしないのだ。

「ね、ねえ……ヒナコは？　ヒナコの遺体《いたい》がないんだけど」

私《わたし》がそう言《い》うと、二人《ふたり》は初《はじ》めて気《き》づいたかのように驚《おどろ》いて、倒《たお》れたであろう場所《ばしょ》に目《め》を向《む》けた。

だが、そこにヒナコの姿《すがた》はなかったのである。

ヒナコが消《き》えた。

それは何《なに》を意味《いみ》しているのかわからなかったけど、思《おも》うことがないわけではなかった。

「もしかしてヒナコ……完全《かんぜん》に悪魔《あくま》と入《い》れ替《か》わっちゃったんじゃない？」

「……ほとんど悪魔《あくま》になってたもんな。もう限界《げんかい》だったのかもしれない」

私《わたし》に続《つづ》き、太陽《たいよう》も同《おな》じように感《かん》じていたのか、悲《かな》しげにそう答《こた》えた。

そこでやっと、昴《すばる》と冬菜《ふゆな》も結論《けつろん》を出《だ》したようだった。

「そ、そんな……ヒナコちゃんが悪魔《あくま》に。つまりこれって、私《わたし》たちも死《し》に続《つづ》けたらこうなっちゃうってことだよね……」

「いずれは悪魔《あくま》になるのでしょう。それが鏡《かがみ》の中《なか》の悪魔《あくま》の目的《もくてき》ということですか」

あの部屋《へや》で見《み》た、山《やま》のように積《つ》み上《あ》げられていた死体《したい》。

どれだけの人《ひと》が悪魔《あくま》へと変《か》わってしまったのか。

そしてどれだけの人《ひと》がまだ生《い》き残《のこ》っているのか。

あの場所《ばしょ》に積《つ》まれることもなく消《き》え去《さ》ったヒナコは……一体《いったい》どうなったのか。

何《なに》もわからずにただ、立《た》ち尽《つ》くすしかなかった。

そんな絶望《ぜつぼう》の中《なか》で、沈黙《ちんもく》を破《やぶ》るような音《おと》。

『……次《つぎ》は、一階《いっかい》です。生存者《せいぞんしゃ》は一度二階倉庫《いちどにかいそうこ》に入《はい》ってから、その後一階倉庫《ごいっかいそうこ》までお越《こ》しください』

突然流《とつぜんなが》れた校内放送《こうないほうそう》に驚《おどろ》き、私《わたし》たちは顔《かお》を見合《みあ》わせた。

「二階《にかい》はもう、笑《わら》う女《おんな》を図画工作室《ずがこうさくしつ》に閉《と》じ込《こ》めたってことでいいのか？　来《こ》いって言《い》われなくたって、行《い》かなきゃならないんだけどよ」

何《なに》も考《かんが》えてない様子《ようす》の太陽《たいよう》に、私《わたし》たちが驚《おどろ》いてしまうよ。

三階《さんかい》では誰《だれ》かが死《し》んだときに校内放送《こうないほうそう》が流《なが》れていたから、慣《な》れていると言《い》えばそうなんだろうけど。

「あんた、こんな怪《あや》しげな校内放送《こうないほうそう》が流《なが》れて、それしか感想《かんそう》がないわけ？　誰《だれ》が話《はな》してるとかさ……」

「太陽《たいよう》くんは何《なに》も考《かんが》えないタイプですから仕方《しかた》ありませんよ春香《はるか》さん。誰《だれ》が話《はな》しているのかという疑問《ぎもん》は、僕《ぼく》も持《も》ちました。聞《き》いたことのある声《こえ》だったので」

聞《き》いたことのある声《こえ》と聞《き》いて、私《わたし》と冬菜《ふゆな》は驚《おどろ》きを隠《かく》せなかった。

今《いま》の不鮮明《ふせんめい》というか、少《すこ》し恐《おそ》ろしげな声《こえ》を聞《き》いたことがあるなんて。

「……怖《こわ》いけど、確《たし》かに一階《いっかい》に行《い》くしかないよね。もしかしたら、ヒナコちゃんみたいに閉《と》じ込《こ》められてる人《ひと》がいるかもしれないし。川端先生《かわばたせんせい》もいると思《おも》うから」

そういえば、元《もと》の世界《せかい》で川端先生《かわばたせんせい》に化《ば》けていた悪魔《あくま》は、あまり入《い》れ替《か》わりが進《すす》んでいないように思《おも》えた。

つまり、こちらで川端先生《かわばたせんせい》はあまり死《し》んでいないということになる。

しかし、そう考《かんが》えるとヒナコはやっぱり……

遺体《いたい》を見《み》たわけでも、目《め》の前《まえ》で消《き》えたわけでもないから、まだどこかで生《い》きていると信《しん》じたい。

「と、とりあえず一階《いっかい》に行《い》くしかないみたいね。どんどんひどくなってるけど、悪魔《あくま》になっちゃう前《まえ》にここから出《で》なきゃ……」

私《わたし》がそう言《い》ったのは、不安《ふあん》で動《うご》けなくなりそうな自分《じぶん》の気持《きも》ちを鼓舞《こぶ》するためでもあった。

床《ゆか》にころがる私《わたし》の遺体《いたい》は、本当《ほんとう》に私《わたし》なのか。

もしも本当《ほんとう》だとするなら、今《いま》の私《わたし》は一体《いったい》なんだというのだろうか。

生《い》き返《かえ》った……というわけではなく、明《あき》らかに新《あたら》しい身体《からだ》になっている。

これは不気味《ぶきみ》だ。

私自身《わたしじしん》だと思《おも》い込《こ》んでいるものが、実《じつ》は私《わたし》じゃないかもしれないなんて。

実際《じっさい》に、この世界《せかい》に来《き》たときの身体《からだ》は、日本人形《にほんにんぎょう》に食《た》べられてしまっているのだから。

校内放送《こうないほうそう》の指示通《しじどお》り、一度二階倉庫《いちどにかいそうこ》に入《はい》ってから、階段《かいだん》を下《お》りて一階《いっかい》に向《む》かっていると、私《わたし》たちは踊《おど》り場《ば》に書《か》かれた文字《もじ》に気《き》づいて足《あし》を止《と》めた。

「今度《こんど》はこんなところに……てか、二階《にかい》からでも気《き》づいただろうに、誰《だれ》も見《み》てなかったのかよ」

太陽《たいよう》はそう言《い》うけれど、私《わたし》が知《し》る限《かぎ》りこんなものが書《か》かれていたという記憶《きおく》はない。

『父衣《ちちころも》ウ』

そして、この文字《もじ》も相変《あいか》わらず意味《いみ》がわからないのである。

「父《ちち》……衣《ころも》……ウ……ですか。何《なに》も意味《いみ》がないとは思《おも》えませんね。そういえば、春香《はるか》さんが見《み》たという文字《もじ》の中《なか》に、『父《ちち》』が雨宿《あまやど》りをするとか書《か》いてあったんですよね？」

昴《すばる》に言《い》われて気《き》づいたけど、確《たし》かにあった。

同《おな》じ文字《もじ》があるというのに、考《かんが》えることが多《おお》すぎて忘《わす》れていたなんて。

「あったあった。父《ちち》がとを開《あ》け、雨宿《あまやど》り……ってね。雨《あめ》なんて降《ふ》ってないけど」

二階《にかい》のほうに顔《かお》を向《む》け、窓《まど》の外《そと》を見《み》るけど、雨《あめ》は降《ふ》っていない。

だとすれば、この雨宿《あまやど》りという言葉《ことば》の意味《いみ》はわからない。

「まあ、なんだかよくわからないけどよ、今《いま》すぐこれの意味《いみ》がわからなかったらダメだってこともないんだろ？　だったら歩《ある》きながら

考《かん》えればいいんじゃね？　あ、考《かん》えるのは昴《すばる》と冬菜《ふゆな》の役割《やくわり》な？　俺《おれ》と春香《はるか》の頭《あたま》じゃとてもとても……」

「ちょ、ちょっと！　太陽《たいよう》と一緒《いっしょ》にしないでよ！　わ、私《わたし》だってこれくらい……」

とは言《い》ったものの、問題文《もんだいぶん》があるわけじゃないから、何《なに》をどう考《かん》えればいいかさえわからない。

「お？　わかるのか？　だとしたら悪《わる》かったよ。頭悪《あたまわる》いのは俺《おれ》だけだったな。ははっ」

「……わ、わからないけどさ」

悔《くや》しいけど、太陽《たいよう》と私《わたし》は決《けっ》して賢《かしこ》いわけではないから、理解出来《りかいでき》るはずがなかった。

「太陽《たいよう》くん、簡単《かんたん》に言《い》いますけどね、三階《さんかい》では日本人形《にほんにんぎょう》、二階《にかい》では笑《わら》う女《おんな》に襲《おそ》われているのに、ゆっくり考《かんが》える時間《じかん》があると思《おも》いますか？　一階《いっかい》で何《なに》があるかわからないのに」

今《いま》までの傾向《けいこう》から、一階《いっかい》にも何《なに》かがいるのは間違《まちが》いないだろう。

また殺《ころ》されるかもしれないという恐怖《きょうふ》が、不意《ふい》に襲《おそ》って来《き》た。

こんな状況《じょうきょう》で文字《もじ》の意味《いみ》を考《かんが》えるなんて、確《たし》かに無理《むり》がある。

それでも私《わたし》たちは、昴《すばる》や冬菜《ふゆな》に頼《たよ》るしかないのだ。

階段《かいだん》を下《お》りて一階《いっかい》に到着《とうちゃく》すると、またスピーカーから校内放送《こうないほうそう》が流《なが》れた。

『……一階倉庫《いっかいそうこ》に……入《はい》ってください』

「また倉庫《そうこ》かよ。そこが各階《かくかい》のスタート地点《ちてん》ってわけか。一階《いっかい》にあるといいよな、『呪《のろ》いの大鏡《おおかがみ》』」

太陽《たいよう》がそう言《い》うまで、「呪《のろ》いの大鏡《おおかがみ》」のことを忘《わす》れかけていた。

そうだよ、私《わたし》たちはそれを探《さが》しているんだった。

怪物《かいぶつ》たちに追《お》われて、死《し》なないようにすることに必死《ひっし》で、目的《もくてき》を忘《わす》れそうになっていたよ。

「私《わたし》たち、どれくらいここにいるの？　夜《よる》だけど眠《ねむ》くならないし、お腹《なか》も減《へ》らないし……とっくに寝《ね》る時間《じかん》はすぎてると思《おも》うけど」

倉庫《そうこ》に向《む》かって歩《ある》きながら、冬菜《ふゆな》の問《と》いに首《くび》を傾《かし》げた昴《すばる》。

「わかりませんね。時計《とけい》も止《と》まっていましたし、眠気《ねむけ》も空腹《くうふく》も感《かん》じないなら、時間《じかん》を知《し》る術《すべ》がまったくありません。外《そと》も真《ま》っ暗《くら》ですから」

もう、こちらの世界《せかい》に入《はい》って何時間経《なんじかんた》っているのか。

一階倉庫《いっかいそうこ》の前《まえ》に来《き》て、そんなことを考《かんが》えながら中《なか》に入《はい》った。

相変《あいか》わらず真《ま》っ暗《くら》なのに、どこに何《なに》があるか、みんなの顔《かお》もハッキリとわかる奇妙《きみょう》な感覚《かんかく》。

だけど、そうでなくては照明《しょうめい》が点《つ》かないこの空間《くうかん》では、何《なに》も見《み》えないのだけど。

「次《つぎ》は何《なに》が始《はじ》まるんだ？　壁《かべ》に文字《もじ》は書《か》かれてないよな？」

そう言《い》って太陽《たいよう》が室内《しつない》を見回《みまわ》すが、文字《もじ》は書《か》かれていなかった。

しかし、その代《か》わりとばかりに、スピーカーからまた不気味《ぶきみ》な声《こえ》が。

『……放送室《ほうそうしつ》まで来《き》てください。ただし、校内放送《こうないほうそう》に従《したが》って行動《こうどう》してください』

今回《こんかい》は行《い》き先《さき》をしっかりと指示《しじ》してくれて、校内放送《こうないほうそう》に従《したが》えばいいなんて、楽《らく》な内容《ないよう》だな。

「なんか、今《いま》までで一番簡単《いちばんかんたん》かもね？　校内放送《こうないほうそう》に従《したが》えばいいんでしょ？　それならさっさと放送室《ほうそうしつ》に行《い》こうよ」

「春香《はるか》ちゃん、この声《こえ》の人《ひと》が放送室《ほうそうしつ》にいるんだよ？　行《い》ったら鉢合《はちあ》わせするかもしれないんだよ？」

「え……で、でも、放送室《ほうそうしつ》に来《こ》いって言《い》ってるし、きっと私《わたし》たちが一階《いっかい》に来《き》たことを知《し》って、誘導《ゆうどう》してくれてるんだよ。多分《たぶん》……」

明《あき》らかに女性《じょせい》の声《こえ》ではないから、川端先生《かわばたせんせい》とか、二階《にかい》にあった死体《したい》の誰《だれ》かが誘導《ゆうどう》してくれているものだとばかり思《おも》っていたけど。

「……どうやって私《わたし》たちが一階《いっかい》に来《き》たことを知《し》ったの？　どうやって、倉庫《そうこ》に入《はい》ったことを知《し》ったの？　監視《かんし》カメラがあるわけじゃないんだよ？」

冬菜《ふゆな》のその言葉《ことば》で、言《い》い知《し》れぬ不安《ふあん》と気味《きみ》の悪《わる》さを感《かん》じたのだった。

詳《くわ》しく場所《ばしょ》がわかるわけじゃないのに、どうして放送《ほうそう》をしている人《ひと》は私《わたし》たちの動《うご》きがわかるのか。

この指示《しじ》に従《したが》わなかったら一体《いったい》どうなるのか。

それがわからなくて、従《したが》うべきか、従《したが》わないべきかを決《き》めかねていると、次《つぎ》の校内放送《こうないほうそう》が流《なが》れた。

『一階倉庫《いっかいそうこ》を出《で》てください。そして一度《いちど》、左側《ひだりがわ》を見《み》てください』

なんだか指示《しじ》がおかしいな。

元《もと》の世界《せかい》なら放送室《ほうそうしつ》は左側《ひだりがわ》のはずだけど、こちらの世界《せかい》だと左《ひだり》は家庭科室《かていかしつ》だ。

放送室《ほうそうしつ》に行《い》くだけなら右《みぎ》に進《すす》めばいいけど、一度《いちど》左《ひだり》を見《み》ろという指示《しじ》。

「一度《いちど》左《ひだり》を見《み》ろって？　なんでそんなことするのかわからないけど、やれって言《い》うならやろうぜ」

「い、いやいや待《ま》ってくださいよ太陽《たいよう》くん！　確《たし》かに倉庫《そうこ》には入《はい》りましたが、校内放送《こうないほうそう》の指示《しじ》に従《したが》うかは別《べつ》ですよ！　感《かん》じますよね？　この倉庫《そうこ》に入《はい》ってから、また校内《こうない》の雰囲気《ふんいき》が変《か》わったのを。本当《ほんとう》に信《しん》じるべきかどうかはしっかり考《かんが》えるべきです！」

「そうは言《い》うけどよ昴《すばる》。考《かんが》えるって何《なに》を考《かんが》えればいいんだよ？　信《しん》じるか信《しん》じないかを考《かんが》えたって、あんまり意味《いみ》なくね？　だって、校内放送《こうないほうそう》の人《ひと》が誰《だれ》かわからないんだからよ」

珍《めずら》しく、太陽《たいよう》が昴《すばる》を言《い》い負《ま》かそうとしている。

どちらの言《い》い分《ぶん》もわかるけど、太陽《たいよう》のほうが私《わたし》の意見《いけん》に近《ちか》いかな。

他《ほか》に何《なに》をすればいいかの指標《しひょう》がないのだから、とりあえず校内放送《こうないほうそう》に従《したが》うべきなのではないかと。

「罠《わな》かもしれないけど、あとはもう、一階《いっかい》と職員室《しょくいんしつ》や体育館《たいいくかん》しかないんだから、行《い》ってみない？　私《わたし》たち四人《よにん》、力《ちから》を合《あ》わせてここまで乗《の》り越《こ》えて来《き》たんだから」

冬菜《ふゆな》にも説得《せっとく》され、しぶしぶといった様子《ようす》だったけど、昴《すばる》も納得《なっとく》したようだ。

「じゃあ行《い》くぜ！　いざ放送室《ほうそうしつ》ってな！」

太陽《たいよう》がわざと明《あか》るく、無意味《むいみ》に元気《げんき》に振《ふ》る舞《ま》っているのが私《わたし》にはわかる。

そりゃあそうだよ。

二度《にど》も殺《ころ》されて、バカみたいに元気《げんき》でいられるなら、そっちのほうが怖《こわ》い。

ドアを開《あ》けようとするその手《て》が震《ふる》えていることを、私《わたし》は見逃《みのが》さなかった。

やっぱりみんな怖《こわ》いんだと思《おも》ったら、ほんの少《すこ》しだけ怖《こわ》くなくなったような気《き》がする。

とにかく、一階《いっかい》までやって来《き》たから、どんどん「呪《のろ》いの大鏡《おおかがみ》」の場所《ばしょ》は絞《しぼ》れて来《き》ている。

元《もと》の世界《せかい》に戻《もど》るためだと、廊下《ろうか》に出《で》て左《ひだり》を向《む》いた私《わたし》たちは……とてつもなく不気味《ぶきみ》なものを目《ま》の当《あ》たりにすることになった。

直径一《ちょっけいいち》メートルくらいある巨大《きょだい》な頭《あたま》。

大《おお》きな口《くち》に耳《みみ》、目《め》は肉《にく》で埋《うず》もれて見《み》えていない様子《ようす》だったが、太《ふと》った身体《からだ》の上《うえ》に乗《の》る球体《きゅうたい》といった異形《いぎょう》がそこにいたのだ。

『……フフフ。キミたちは見《み》てはいけないものを見《み》ました。彼《かれ》は「暴食《ぼうしょく》の山田《やまだ》」。一度見《いちどみ》ると、ずっと追《お》いかけて来《き》ます。気《き》づかれないようにしてください』

校内放送《こうないほうそう》に反応《はんのう》して、山田《やまだ》がまん丸《まる》な頭《あたま》を動《うご》かしてみせる。

横《よこ》に付《つ》いている耳《みみ》をこちらに向《む》けて、少《すこ》し悲《かな》しそうに。

「いや、てかなんでそんなもの見《み》せたんだよ！　見《み》なかったら大丈夫《だいじょうぶ》だった……」

文句《もんく》を言《い》っている最中《さいちゅう》。

ズシンズシンと巨体《きょたい》を揺《ゆ》らし、口《くち》からヨダレを垂《た》らし、手《て》を前《まえ》に伸《の》ばしてそれは太陽《たいよう》に駆《か》け寄《よ》って来《き》たのだ。

その巨体《きょたい》に見合《みあ》わないような速度《そくど》で。

太陽《たいよう》が言《い》い終《お》わる前《まえ》に山田《やまだ》の両手《りょうて》が、太陽《たいよう》の身体《からだ》をしっかりと掴《つか》み、巨大《きょだい》な頭部《とうぶ》、巨大《きょだい》な口《くち》が……

「あ」

今何《いまなに》が起《お》こっているか理解《りかい》した瞬間《しゅんかん》、チュポッという水《みず》っぽい音《おと》と共《とも》に太陽《たいよう》の頭部《とうぶ》が山《やま》田《だ》の口《くち》の中《なか》に入《い》れられた。

直後《ちょくご》、骨《ほね》が砕《くだ》けるような音《おと》がして、頭部《とうぶ》がなくなった状態《じょうたい》の太陽《たいよう》が、私《わたし》たちの前《まえ》に姿《すがた》を見《み》せたのだ。

「!!」

あまりにも衝撃的《しょうげきてき》すぎて、声《こえ》も出《で》ない。

これほどまでにあっさりと、おぞましく人《ひと》が殺《ころ》されるなんて。

日本人形《にほんにんぎょう》も笑《わら》う女《おんな》も、そしてこの山田《やまだ》も人《ひと》を喰《く》っているけれど、凶悪《きょうあく》さが段違《だんちが》いだ。

そう感《かん》じたのは次《つぎ》の瞬間《しゅんかん》。

「な、何《なに》が……た、太陽《たいよう》くんがあっという間《ま》に……そんな……」

冬菜《ふゆな》が目《め》の前《まえ》で起《お》こったことをつぶやいたと同時《どうじ》に、山田《やまだ》の耳《みみ》がピクリと動《うご》き、首《くび》のない太陽《たいよう》を手《て》に持《も》った状態《じょうたい》で冬菜《ふゆな》に体当《たいあ》たり。

壁《かべ》に強烈《きょうれつ》に叩《たた》きつけられた冬菜《ふゆな》は、壁《かべ》と山田《やまだ》に挟《はさ》まれるように押《お》し潰《つぶ》される。

山田《やまだ》は嬉《うれ》しそうに口《くち》を開《あ》けて、冬菜《ふゆな》の頭部《とうぶ》をその中《なか》に入《い》れると、ギロチンのように首《くび》を切断《せつだん》してボリボリと音《おと》を立《た》てて食《た》べ始《はじ》めたのだった。

私《わたし》の隣《となり》で一体何《いったいなに》が起《お》こっているのか。

微動《びどう》だに出来《でき》ず、ただ冷《ひ》や汗《あせ》をかくだけ。

どうして太陽《たいよう》が殺《ころ》された。

どうして冬菜《ふゆな》が殺《ころ》された。

そして、どうして私《わたし》と昴《すばる》は殺《ころ》されないんだと、いくつもの疑問《ぎもん》が頭《あたま》の中《なか》をグルグル回《まわ》る。

二人《ふたり》と私《わたし》たちの違《ちが》いはなんだったのか。

ほんの数秒《すうびょう》の間《あいだ》に起《お》こったことだ。

理由《りゆう》はわかった。

喋《しゃべ》ったか、喋《しゃべ》ってないかだ。

笑《わら》う女《おんな》と似《に》ているけど、あれは呼吸《こきゅう》をしたら寄《よ》ってくる怪物《かいぶつ》だった。

だけどこいつはどうだろう。

喋《しゃべ》った瞬間《しゅんかん》、有無《うむ》を言《い》わさず殺《ころ》された。

逃《に》げるとかそういったレベルの話《はなし》じゃない。

大《おお》きな頭《あたま》を前後左右《ぜんごさゆう》に揺《ゆ》らしながら、とんでもない速度《そくど》で食《た》べに来《く》るという、手《て》の打《う》ちようがない怪物《かいぶつ》なのだ。

『……二名《にめい》が食《た》べられましたね。さあ、早《はや》く放送室《ほうそうしつ》に来《き》てください。楽《たの》しく談笑《だんしょう》しながら』

バカなことを言《い》わないでよ！

声《こえ》を発《はっ》したら、笑《わら》う前《まえ》に食《た》べられてしまうっての！

二人《ふたり》が食《た》べられたけど、ドアが開《ひら》いている倉庫《そうこ》の中《なか》には生《い》き返《かえ》った二人《ふたり》の姿《すがた》がある。

太陽《たいよう》は服《ふく》の下《した》が変化《へんか》しているからよくわからないけど、冬菜《ふゆな》の顔《かお》の右半分《みぎはんぶん》はもう悪魔《あくま》に変化《へんか》している。

その顔《かお》を私《わたし》に向《む》けて、人差《ひとさ》し指《ゆび》を口《くち》に当《あ》てた。

きっと、冬菜《ふゆな》もそれに気《き》づいたのだろう。

この山田《やまだ》という怪物《かいぶつ》は、音《おと》に反応《はんのう》するのだと。

「むほっ。おいちいおいちい。最初《さいしょ》よりあとのほうがおいちい」

まさか、山田《やまだ》が嬉《うれ》しそうに話《はな》し始《はじ》めた。

今《いま》までの怪物《かいぶつ》は意味《いみ》のある言葉《ことば》を発《はっ》さなかったし、人間《にんげん》らしさを感《かん》じなかったから人間《にんげん》ではないと思《おも》い込《こ》めたけど、こいつは違《ちが》う。

どんな言語《げんご》でも、「言葉《ことば》」だとわかってしまうと「人間《にんげん》」と認識《にんしき》してしまう。

つまり、怪物《かいぶつ》でありながら人間《にんげん》。

人間《にんげん》が人間《にんげん》を食《く》うという認識《にんしき》になってしまうのだ。

それはタブーというか、私《わたし》には理解《りかい》の出来《でき》ない禁断《きんだん》の領域《りょういき》で、とてつもない嫌悪感《けんおかん》に包《つつ》まれた。

視界《しかい》の端《はし》で、昴《すばる》が家庭科室《かていかしつ》のほうを指差《ゆびさ》してみせる。

一旦《いったん》向《む》こうに避難《ひなん》しようと言《い》っているのだろう。

倉庫《そうこ》はまた入《はい》れないようで、入《い》り口《ぐち》を触《さわ》ってみせたが手《て》は通《とお》らない様子《ようす》。

声《こえ》を出《だ》さないように、ゆっくりと忍《しの》び足《あし》で歩《ある》き始《はじ》めた私《わたし》たち。

いつからか、スピーカーから流《なが》れ続《つづ》けている不気味《ぶきみ》な唸《うな》るような音《おと》のおかげで、多少《たしょう》の音《おと》は誤魔化《ごまか》せているようだ。

靴《くつ》が擦《す》れる音《おと》が聞《き》こえるかと思《おも》ったけど、妙《みょう》に床《ゆか》が柔《やわ》らかくて音《おと》が出《で》ない。

それは私《わたし》たちにとっては好都合《こうつごう》だとも思《おも》えたが、少《すこ》し動《うご》きにくく感《かん》じるのはどう影響《えいきょう》するか。

いつ、背中《せなか》から襲《おそ》われるかという恐怖《きょうふ》に耐《た》えながら、私《わたし》と昴《すばる》は近《ちか》くの教室《きょうしつ》のドアを、音《おと》がしないようにゆっくりと開《あ》けて、その中《なか》に入《はい》った。

(なんですかあのヤバい化《ば》け物《もの》は。家庭科室《かていかしつ》の前《まえ》にいたのに、あっという間《ま》に教室二《きょうしつふた》つ分《ぶん》の距離《きょり》をつめて来《き》ましたよ。放送室《ほうそうしつ》に行《い》かなきゃならないのに、離《はな》れてしまったじゃないですか)

(私《わたし》に聞《き》かれても困《こま》るよ。こっちに来《こ》いって言《い》ったの、昴《すばる》じゃない)

小《ちい》さな声《こえ》も聞《き》かれてはまずいと、机《つくえ》の中《なか》に入《はい》っていた教科書《きょうかしょ》を丸《まる》めて、お互《たが》いの耳《みみ》に当《あ》てて小声《こごえ》で話《はな》す。

廊下《ろうか》を気《き》にしながら、これくらいなら山田《やまだ》は来《こ》ないと調整《ちょうせい》しながら。

(仕方《しかた》ないでしょう。何《なに》もわからない状態《じょうたい》で山田《やまだ》の横《よこ》を通《とお》るより、一度《いちど》引《ひ》き返《かえ》して対策《たいさく》を練《ね》るほうがいいと思《おも》ったんです。喋《しゃべ》ったら気《き》づかれて、恐《おそ》ろしい速度《そくど》で接近《せっきん》されるんです

よ。きっと、廊下《ろうか》の一番端《いちばんはし》からでもあっという間《ま》にやってくるでしょうからね）

（……ちょっと待《ま》って。音《おと》が聞《き》こえたらやってくるなら、放送室《ほうそうしつ》のドアって錆《さ》びてるから、『ギィイイッ』て音《おと》が出《で》るよね？　それって大丈夫《だいじょうぶ》なの？）

（そ、それは……こっちの世界《せかい》の放送室《ほうそうしつ》は大丈夫《だいじょうぶ》だと思《おも》うしかないですね。もしもその音《おと》に気《き》づかれるようなら、放送室《ほうそうしつ》に入《はい》るのはかなり難《むずか》しいと思《おも》います。特《とく》に、ヒナコさんみたいな、単独《たんどく》で行動《こうどう》していたような人《ひと》は）

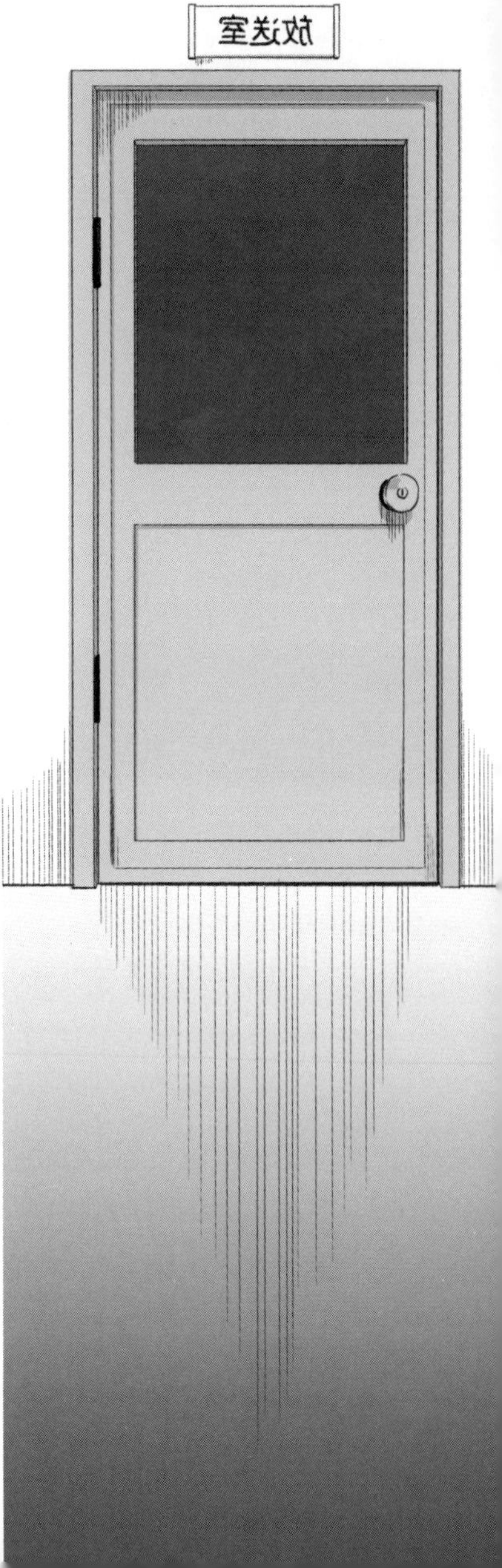

つまり、私《わたし》たちなら大丈夫《だいじょうぶ》かもしれないってこと？

確《たし》かに今《いま》までみんなで乗《の》り越《こ》えて来《き》たけど……それは誰《だれ》かの犠牲《ぎせい》があったからだ。

一階《いっかい》でもすでに太陽《たいよう》と冬菜《ふゆな》が犠牲《ぎせい》になっている。

それがなければ私《わたし》と昴《すばる》は、何《なに》が原因《げんいん》でこうなったのかもわからずに死《し》んでいたかもしれない。

いや、今《いま》だって大差《たいさ》はない。

放送室《ほうそうしつ》に向《む》かうはずなのに、スタート地点《ちてん》の倉庫《そうこ》から後退《こうたい》しているのだ。

「おいちかったな。ぐふふん」

ドスドスと、重々《おもおも》しい足音《あしおと》が廊下《ろうか》から聞《き》こえる。

ちょうど私《わたし》たちがいる場所《ばしょ》の前《まえ》の廊下《ろうか》。

そこを山田《やまだ》が通《とお》りすぎているのだ。

(何《なん》なの暴食《ぼうしょく》の山田《やまだ》って。おばけにしてはふざけた名前《なまえ》だけど、今《いま》までで一番危険《いちばんきけん》なんじゃないの？)

(四季小《しきしょう》の七不思議《ななふしぎ》が三階《さんかい》と二階《にかい》で現実《げんじつ》のものになっていました。もしかしたら、「暴食《ぼうしょく》の山田《やまだ》」なんて七不思議《ななふしぎ》もあるのかもしれませんね。それよりも、どうやって放送室《ほうそうしつ》まで行《い》くかです。足音《あしおと》を立《た》てないように行《い》くしかありませんが……いつまでもこうしていても、何《なに》も始《はじ》まりませんしね）

いよいよそのときがやって来《き》たかと、私《わたし》の心臓《しんぞう》の動《うご》きが早《はや》くなるのがわかった。

日本人形《にほんにんぎょう》も笑《わら》う女《おんな》も、遠《とお》くにいたらある程度《ていど》は大丈夫《だいじょうぶ》だし、対応策《たいおうさく》もあったからなんとかなったけど……山田《やまだ》は違《ちが》う雰囲気《ふんいき》がある。

あれは、昴《すばる》が言《い》ったように、どんなに離《はな》れていても声《こえ》を聞《き》けば、一瞬《いっしゅん》で距離《きょり》をつめてくる説得力《せっとくりょく》がある。

だから、廊下《ろうか》に出《で》るにも覚悟《かくご》が必要《ひつよう》だった。

いつまでも隠《かく》れていても何《なに》も始《はじ》まらない。

（よ、よし。行《い》きますか。この教室《きょうしつ》には何《なに》もないようですし、先《さき》に進《すす》むべきですね。気《き》をつけてください。何《なに》かあれば、身振《みぶ》り手振《てぶ》りで教《おし》えてください）

それで伝《つた》えるのは結構無理《けっこうむり》があるんじゃないかと思《おも》ったけれど、危険《きけん》を感《かん》じたら近《ちか》くの教室《きょうしつ》に入《はい》ればいい。

音《おと》を出《だ》さなければいいのだから。

心《こころ》を落《お》ち着《つ》けて、おもむろに立《た》ち上《あ》がった私《わたし》と昴《すばる》は、まるでスローモーションかと思《おも》うくらいの速度《そくど》で廊下《ろうか》に出《で》た。

左《ひだり》を見《み》ると、家庭科室《かていかしつ》の前《まえ》で山田《やまだ》がもごもごと口《くち》を動《うご》かしている。

考《かんが》えたくはないけど……太陽《たいよう》か冬菜《ふゆな》の頭部《とうぶ》を飴玉《あめだま》のように口《くち》の中《なか》でころがしているのだろうか。

漏《も》れてしまいそうになる声《こえ》を抑《おさ》えるために、口《くち》に手《て》を当《あ》てて放送室《ほうそうしつ》のほうに視線《しせん》を向《む》けた。

そして、ゆっくり、ゆっくり歩《ある》いて倉庫《そうこ》の前《まえ》に移動《いどう》する。

中《なか》で戸惑《とまど》っている太陽《たいよう》と冬菜《ふゆな》に、放送室《ほうそうしつ》のほうを指差《ゆびさ》してみせると、二人《ふたり》は頷《うなず》いて音《おと》を立《た》てないように廊下《ろうか》に出《で》てきた。

なぜ殺《ころ》されたのか、その原因《げんいん》を話《はな》し合《あ》ったのだろう。

二人《ふたり》は私《わたし》たちと同《おな》じように慎重《しんちょう》な足取《あしど》りで廊下《ろうか》に出《で》ると、山田《やまだ》を見《み》て顔《かお》を歪《ゆが》ませる。

あっという間《ま》に殺《ころ》されたのだから、その表情《ひょうじょう》になる理由《りゆう》もわかる。

気《き》を取《と》り直《なお》して、私《わたし》たちは放送室《ほうそうしつ》へと向《む》かう。

今《いま》までとは違《ちが》う、亀《かめ》のようなゆっくりとした、確実《かくじつ》な歩《あゆ》みで。

『……秋本昂《あきもとすばる》さん。気《き》づいていますか？　あなたの左肩《ひだりかた》に、ずっと悪霊《あくりょう》が憑《つ》いていますよ？　このままではあなたは殺《ころ》されてしまいます』

なんとかトイレに差《さ》しかかろうというときに、校内放送《こうないほうそう》が聞《き》こえる。

そして昂《すばる》は驚《おどろ》いて左肩《ひだりかた》を見《み》ようと振《ふ》り返《かえ》ったのだった。

私《わたし》もそれは本当《ほんとう》のことなのかと、昂《すばる》の左肩《ひだりかた》を見《み》てみると……

気《き》づいてもらえたからか、目《め》が真《ま》っ黒《くろ》な、人間《にんげん》の顔《かお》がニタリと笑《わら》って昂《すばる》を見《み》ていたのだ。

「はっ！　はわわわわわわっ！　な、なんですかこれは！　なんで……し、しまった！」

あまりに突然《とつぜん》、まるで声《こえ》を出《だ》すように仕向《しむ》けられたかのような校内放送《こうないほうそう》の内容《ないよう》。

昂《すばる》が慌《あわ》てて口《くち》を手《て》で塞《ふさ》いだけど、もう遅《おそ》かった。

気《き》づいたときには山田《やまだ》の口《くち》が、昂《すばる》の頭上《ずじょう》にあって。

口《くち》を開《ひら》いたと同時《どうじ》に、中《なか》から切断《せつだん》されて、唾液《だえき》に包《つつ》まれた冬菜《ふゆな》の頭部《とうぶ》がボトリと床《ゆか》に落《お》ちたのだ。

思《おも》わず悲鳴《ひめい》が出《で》そうになったけど、強《つよ》い気持《きも》ちでなんとか耐《た》える。

私《わたし》が耐《た》えている間《あいだ》にも、その厚《あつ》くてぽってりとした唇《くちびる》は、昴《すばる》の頭部《とうぶ》を包《つつ》み込《こ》んで……

ギュリッと歯《は》ぎしりをしたかのような音《おと》と共《とも》に、何《なに》かが砕《くだ》ける音《おと》が聞《き》こえ、頭部《とうぶ》を失《うしな》った昴《すばる》の身体《からだ》が力《ちから》なく床《ゆか》に倒《たお》れたのだった。

「!!」

声《こえ》が出《だ》せない！

初《はじ》めてではないから、なんとかこのショックにも耐《た》えられるけれど、何度観《なんどみ》ても怖《こわ》いものは怖《こわ》い！

「おほっ！　おいちいおいちい！　中《なか》から溢《あふ》れるおミソがとっても濃厚《のうこう》でおいちい！」

聞《き》きたくない食《しょく》レポが隣《となり》から聞《き》こえる。

早《はや》くここから離《はな》れたいし、逃《に》げたいのに、少《すこ》しでも音《おと》を立《た》ててしまったらと思《おも》うと、身《み》動《うご》きが取《と》れない。

私《わたし》だけではなく、太陽《たいよう》と冬菜《ふゆな》も一度《いちど》殺《ころ》された恐怖《きょうふ》からか、おかしな汗《あせ》をかきながら目《め》をつぶっている。

『……夏野太陽《なつのたいよう》さん。見《み》えますか？　見《み》えますか？　あなたの正面《しょうめん》ですよ。床《ゆか》を這《は》って、迫《せま》ってくるモノがいるのがわかりますか？　ほら、目《め》を開《あ》けて見《み》てください』

その校内放送《こうないほうそう》が聞《き》こえたとき、私《わたし》は気《き》づいた。

何《なに》か、念《ねん》の塊《かたまり》というか、実体《じったい》のないふわふわした霧《きり》のようなものが、廊下《ろうか》の先《さき》で形《かたち》を成《な》したのだ。

それは、醜悪《しゅうあく》な顔《かお》をした女性《じょせい》の幽霊《ゆうれい》のような姿《すがた》。

四《よ》つん這《ば》いだけど、仰向《あおむ》けで器用《きよう》に手足《てあし》を使《つか》って太陽《たいよう》に迫《せま》ってくる。

太陽《たいよう》、見《み》ちゃダメ。見《み》ちゃダメだからね！

強《つよ》く、心《こころ》の中《なか》でそうつぶやきはしたものの、当然《とうぜん》それが聞《き》こえるはずもない。

「ひっ！　あ、しまった！」

太陽《たいよう》の声《こえ》が聞《き》こえて、隣《となり》にいた山田《やまだ》が動《うご》く気配《けはい》がした次《つぎ》の瞬間《しゅんかん》。

山田《やまだ》の口《くち》が太陽《たいよう》の頭部《とうぶ》を包《つつ》み込《こ》み、容赦《ようしゃ》なく食《く》いちぎられた。

と同時《どうじ》に、太陽《たいよう》に迫《せま》っていた幽霊《ゆうれい》が消《き》える。

気《き》づけば昴《すばる》の左肩《ひだりかた》にいた顔《かお》も消《き》えていて、私《わたし》や冬菜《ふゆな》が襲《おそ》われることはなかったのだ。

「おいちくない。おミソが少《すく》ないし好《す》きじゃなぁい」

人《ひと》によって味《あじ》が違《ちが》うとか、そんなことは聞《き》きたくない。

どうにかして冬菜《ふゆな》と話《はな》そうと、少《すこ》し先《さき》の教室《きょうしつ》を指差《ゆびさ》してみせると、冬菜《ふゆな》はそれに気《き》づいて頷《うなず》いてくれた。

ゆっくり、ゆっくりと、足音《あしおと》を立《た》てないように足《あし》を進《すす》める。

私《わたし》の横《よこ》にとんでもなく凶悪《きょうあく》な怪物《かいぶつ》がいる。

そう考《かんが》えただけで身体《からだ》が震《ふる》え、皮膚《ひふ》の表面《ひょうめん》を刃物《はもの》で切《き》り刻《きざ》まれているかのような不快感《ふかいかん》に包《つつ》まれる。

冷《つめ》たく重《おも》い、念《ねん》が渦巻《うずま》くこの空間《くうかん》が、さらにその感覚《かんかく》を増長《ぞうちょう》させたのだ。

トイレを通《とお》りすぎ、もう少《すこ》しで指定《してい》した教室《きょうしつ》だと、ほんの少《すこ》し安心《あんしん》したときだった。

『……菜花春香《なばなはるか》さん。音《おと》を立《た》てましたね？　ほら、山田《やまだ》が食《た》べようとしている。あなたの美味《おい》しそうな頭《あたま》をね』

えっ!?

私《わたし》、音《おと》なんて立《た》ててないし声《こえ》すら出《だ》してない！

細心《さいしん》の注意《ちゅうい》を払《はら》って、靴《くつ》が床《ゆか》に擦《す》れる音《おと》も出《だ》さないようにしていたのに！

「おいちいおミソ、いただきまぁす」

頭上《ずじょう》からそんな声《こえ》が聞《き》こえてくる。

どうして音《おと》なんて立《た》ててないのに食《た》べられなきゃならないのか。もしかして自分《じぶん》でも気《き》づかないうちに音《おと》を立《た》てていたのか。

もしもそうだとすると、動《うご》くこと自体《じたい》がもうアウトで、山田《やまだ》から逃《に》げながら放送室《ほうそうしつ》に向《む》かうなんて絶対《ぜったい》に無理《むり》だよ。

などと考《かんが》えていたものの……あの分厚《ぶあつ》い唇《くちびる》で包《つつ》まれる感覚《かんかく》も、首《くび》を噛《か》み切《き》られることもなく、感《かん》じたのはひんやりとした空気《くうき》だけ。

上《うえ》を見《み》ると、確《たし》かにそこに山田《やまだ》はいるけれど……動《うご》きがないというか、私《わたし》に気《き》づいているはずなのに襲《おそ》って来《こ》ないのだ。

何《なに》か怪《あや》しいと思《おも》っていた。

この校内放送《こうないほうそう》は、私《わたし》たちに声《こえ》を出《だ》させるために、わざと怖《こわ》がらせているようだったから。

それを確認《かくにん》するために、意《い》を決《けっ》して私《わたし》は頭上《ずじょう》の山田《やまだ》に触《ふ》れようと手《て》を伸《の》ばした。

すると……私《わたし》の手《て》は、山田《やまだ》の巨大《きょだい》な頭部《とうぶ》に触《ふ》れずにすり抜《ぬ》けてしまったのだ。

偽物《にせもの》？

だったら本物《ほんもの》はどこに……

そう思《おも》って静《しず》かに振《ふ》り返《かえ》ると……家庭科室《かていかしつ》の前《まえ》で腹《はら》を掻《か》いている山田《やまだ》の姿《すがた》があったのだ。

やっぱりそうだ。

校内放送《こうないほうそう》はあの手《て》この手《て》で、私《わたし》たちに声《こえ》や物音《ものおと》を出《だ》させようとしている。

私《わたし》たちは実際《じっさい》に何度《なんど》も殺《ころ》されている。

だから恐怖《きょうふ》を演出《えんしゅつ》して、悲鳴《ひめい》を上《あ》げさせれば山田《やまだ》は私《わたし》たちを食《た》べることが出来《でき》るのだ。

逆《ぎゃく》を言《い》えば、山田《やまだ》に食《た》べさせるためには、私《わたし》たちが声《こえ》や物音《ものおと》を出《だ》さなければならない。

つまり、校内放送《こうないほうそう》は驚《おどろ》かせる以上《いじょう》のことは出来《でき》ないんじゃないかって。

実際《じっさい》に命《いのち》を奪《うば》ってくることはないんだ。

全然怖《ぜんぜんこわ》くないわけじゃない。

きっと、昴《すばる》や太陽《たいよう》のように、突然驚《とつぜんおどろ》かされたら声《こえ》を上《あ》げるかもしれないけど、私《わたし》を驚《おどろ》かせる手段《しゅだん》が山田《やまだ》だったのが救《すく》いだったかもしれない。

教室《きょうしつ》に入《はい》り、一息《ひといき》つくと同時《どうじ》に、机《つくえ》の中《なか》のノートを丸《まる》めて冬菜《ふゆな》の耳《みみ》にそれを当《あ》てた。

(校内放送《こうないほうそう》は、私《わたし》たちを驚《おどろ》かそうとして色《いろ》んな幻覚《げんかく》を見《み》せてる。でも安心《あんしん》して。ただの幻《まぼろし》だから、殺《ころ》されることはないよ)

私《わたし》が、感《かん》じたことを珍《めずら》しくまとめ、冬菜《ふゆな》に伝《つた》えると。

(本当《ほんとう》に殺《ころ》されない？　だって人魂《ひとだま》みたいなのが集《あつ》まって、幽霊《ゆうれい》になってたよ？　幻覚《げんかく》じゃなくて、幽霊《ゆうれい》なんじゃないの？)

冬菜《ふゆな》に言《い》われて、私《わたし》はそうだったと思《おも》い出《だ》した。

昴《すばる》と太陽《たいよう》を驚《おどろ》かせた幽霊《ゆうれい》は、冬菜《ふゆな》の言《い》うように人魂《ひとだま》みたいなものが集《あつ》まって出来《でき》たものだったと。

ということは……私《わたし》が触《さわ》った山田《やまだ》は幻覚《げんかく》ではなくて幽霊《ゆうれい》？

そう考《かんが》えた直後《ちょくご》、汚《きたな》いものでも付《つ》いたかのように慌《あわ》てて手《て》を振《ふ》った。

(だけど、わかっていても声《こえ》が出《で》るなんてことはあるよ？　地味《じみ》だけど、今《いま》までで一番《いちばん》難《むずか》しいかもしれない)

(放送室《ほうそうしつ》まであと半分《はんぶん》あるもんね。男子二人《だんしふたり》も来《き》てくれるとは思《おも》うけど、私《わたし》か冬菜《ふゆな》が辿《たど》り

着《つ》くしかないかもしれないね)

　とはいえ隣《となり》も教室《きょうしつ》で、廊下《ろうか》を歩《ある》かずに教室《きょうしつ》内《ない》を通《とお》れば、物音《ものおと》も最小限《さいしょうげん》に抑《おさ》えられるはず。囁《ささや》き声《ごえ》だけど、こうして話《はなし》も出来《でき》るし。

　ありがたくはないけど、校内放送《こうないほうそう》で不気味《ぶきみ》な音《おと》が流《なが》れ続《つづ》けているのも、小《ちい》さな音《おと》を掻《か》き消《け》してくれている一因《いちいん》なのだろう。

　教室《きょうしつ》の中《なか》を通《とお》り、少《すこ》しだけ廊下《ろうか》を歩《ある》いてまた教室《きょうしつ》へ。

　校内放送《こうないほうそう》の嫌《いや》がらせは続《つづ》き、何度《なんど》も驚《おどろ》かせて声《こえ》を上《あ》げさせようとしてきたけど、そのたび私《わたし》たちはギュッと目《め》を閉《と》じて見《み》ないようにして進《すす》んだ。

　そして一番端《いちばんはし》の教室《きょうしつ》。

ここの横《よこ》は階段《かいだん》。そして、児童玄関《じどうげんかん》へと続《つづ》く廊下《ろうか》。

その向《む》こう側《がわ》に放送室《ほうそうしつ》があり、あと少《すこ》しだという実感《じっかん》が湧《わ》く。

男子二人《だんしふたり》もこちらに向《む》かって来《き》てはいるものの、待《ま》っていてもメリットは少《すく》ない。

まとまって移動《いどう》していると、誰《だれ》かが襲《おそ》われたときにつられて声《こえ》を上《あ》げるかもしれないし、山田《やまだ》にぶつかられると嫌《いや》でも音《おと》が出《で》てしまう。

だったら分《わ》かれて進《すす》もうというのが冬菜《ふゆな》の考《かんが》えだ。

私《わたし》は……怖《こわ》いから、みんな一緒《いっしょ》でもいいと思《おも》っていたけれど。

（あと少《すこ》しだね。今回《こんかい》は人形《にんぎょう》とか、笑《わら》う女《おんな》みたいに封印《ふういん》はしなくていいのかな？）

（わからない。わからないけど、アレはそういったものじゃない気《き》がする。七不思議《ななふしぎ》の中《なか》の「子《こ》どもを食《た》べるボール」って、もしかして山田《やまだ》のことなのかなとも思《おも》うよ）

ボール……と言《い》われれば、あの巨大《きょだい》な頭部《とうぶ》はそう見《み》えなくもない。

こじつけにも思《おも》えるけど、この状況《じょうきょう》では七不思議《ななふしぎ》だろうがなんだろうがどうでもよかった。

（よし、あと少《すこ》しだから頑張《がんば》ろう。放送室《ほうそうしつ》に行《い》けば何《なに》かわかるかもしれないしね）

放送室《ほうそうしつ》まで来《き》てくださいって言《い》ってたし、何《なに》かがそこにあることは間違《まちが》いない。

いや、もしかしたら私《わたし》たちを騙《だま》そうとしていたりする？

もしもそうだったら……と、考《かんが》え出《だ》したらキリがなくなってしまう。

従《したが》って進《すす》んでくださいって言《い》ってた校内放送《こうないほうそう》も、いつの間《ま》にか驚《おどろ》かせる内容《ないよう》に変《か》わってるんだもん。

音《おと》を立《た》てないよう、ゆっくりとドアを開《あ》けて廊下《ろうか》に出《で》た。

隣《となり》の階段《かいだん》、廊下《ろうか》を通《とお》りすぎるついでに、児童玄関《じどうげんかん》のほうに行《い》こうとしたけど……見《み》えない壁《かべ》のようなものがあって先《さき》には進《すす》めない。

やっぱりかと思《おも》いながらも、廊下《ろうか》を越《こ》えて放送室《ほうそうしつ》の前《まえ》までやって来《き》た。

問題《もんだい》は一《ひと》つ。

元《もと》の世界《せかい》だと、このドアは開《あ》けると軋《きし》む音《おと》を立《た》てるということだ。

音《おと》を立《た》てれば山田《やまだ》が来《く》る。

山田《やまだ》が来《き》たら食《た》べられる。

でも、冬菜《ふゆな》の顔《かお》の半分《はんぶん》はもう悪魔《あくま》になってるし、それは首《くび》の下《した》にも広《ひろ》がっているようだった。
私《わたし》はまだ膝《ひざ》から下《した》くらいの広《ひろ》がり方《かた》だから、やるなら私《わたし》だろうな。
そう覚悟《かくご》を決《き》めて、冬菜《ふゆな》に微笑《ほほえ》んだ私《わたし》は、放送室《ほうそうしつ》のドアノブに手《て》をかけて。
そしてドアを開《あ》けた。
ギッ！　ギィイイイイイッ！
というどこまでも響《ひび》くような耳障《みみざわ》りな音《おと》に驚《おどろ》き、私《わたし》は右《みぎ》を向《む》いた。
音《おと》に反応《はんのう》し、とんでもない速度《そくど》で山田《やまだ》が迫《せま》ってくるのを見《み》るために。
怖《こわ》い。
死《し》ぬのがわかっていて、覚悟《かくご》してドアを開《あ》けたものの、怖《こわ》くてたまらない。
私《わたし》はこれから首《くび》を噛《か》み切《き》られる。
そう感《かん》じた瞬間《しゅんかん》。
「うおおおおおいっ！　こっちだ！　俺《おれ》はこっちだぞバカ野郎《やろう》っ！」
教室《きょうしつ》から太陽《たいよう》が飛《と》び出《だ》し、私《わたし》を庇《かば》うようにして大声《おおごえ》を出《だ》したのだ。
「ほえ？　あっちで音《おと》が……でも子《こ》どもの声《こえ》が聞《き》こえたよ。おいちいかな」

SEA

私《わたし》が出《だ》したドアの音《おと》に反応《はんのう》したものの、太陽《たいよう》の声《こえ》に意識《いしき》を奪《うば》われ、廊下《ろうか》を滑《すべ》るようにして動《うご》きを止《と》めると、山田《やまだ》は太陽《たいよう》に向《む》かって走《はし》って行《い》った。

動《うご》きが早《はや》すぎて、逃《に》げる間《ま》もなかったのだろう。

また、骨《ほね》が砕《くだ》ける音《おと》が聞《き》こえて太陽《たいよう》が死《し》んだことがわかった。

「まずぅい。はずれのおミソだったぁ。でも好《す》き嫌《きら》いはしないんだ」

とぼけた山田《やまだ》の声《こえ》を聞《き》きながら、太陽《たいよう》、ごめん。ありがとうと心《こころ》の中《なか》でつぶやいて、開《ひら》いたドアの隙間《すきま》から冬菜《ふゆな》を放送室《ほうそうしつ》に入《い》れる。

このままドアを閉《し》めれば、音《おと》を立《た》てながらでも私《わたし》たちは放送室《ほうそうしつ》に到着《とうちゃく》したことになるだろう。

だけど、それでは私《わたし》を助《たす》けてくれた太陽《たいよう》や、昴《すばる》たちがドアを開《あ》けるときに、また犠牲《ぎせい》になるかもしれない。

そう考《かんが》えたら、私《わたし》はここから動《うご》けなかった。

出来《でき》れば冬菜《ふゆな》が中《なか》に何《なに》があるかを確認《かくにん》して、この先《さき》どうすればいいか指示《しじ》を出《だ》してくればと願《ねが》うばかりだった。

でも、中《なか》に入《はい》った冬菜《ふゆな》は室内《しつない》を見回《みまわ》したあとに、私《わたし》を見《み》て首《くび》を横《よこ》に振《ふ》る。

（ない、何《なに》もないよ）

と、口《くち》をパクパクさせて訴《うった》えているけど、私《わたし》はみんなが戻《もど》ってくるまで身動《みうご》きが取《と》れない。

もしも、放送室《ほうそうしつ》に来《こ》いという校内放送《こうないほうそう》が、私《わたし》たちを弄《もてあそ》ぶためのものだとしたら……そもそもここに来《く》ること自体《じたい》が意味《いみ》をなさないんじゃないだろうか。

昴《すばる》と太陽《たいよう》を待《ま》つべきか、それともここを出《で》て図書室《としょしつ》のほうに行《い》くべきか。

それに、一階《いっかい》はすべての教室《きょうしつ》を見《み》ていないから、その中《なか》に「呪《のろ》いの大鏡《おおかがみ》」があったらどうしようという思《おも》いもある。

私《わたし》が動《うご》けば音《おと》が出《で》る。

冬菜《ふゆな》だけ図書室《としょしつ》に行《い》かせて、私《わたし》は耐《た》えるべきだろうか。

などと考《かんが》えているうちに、昴《すばる》がやって来《き》た。

私《わたし》に頷《うなず》き、前《まえ》を通《とお》りすぎて放送室《ほうそうしつ》に入《はい》るが、しばらくして冬菜《ふゆな》と同《おな》じように首《くび》を横《よこ》に振《ふ》ってみせた。

やっぱり、昴《すばる》が見《み》てもダメなら本当《ほんとう》に何《なに》もないのか。

図書室《としょしつ》か、それとも太陽《たいよう》を待《ま》つべきか。

この状態《じょうたい》では、話《はな》すことも出来《でき》ないから、太陽《たいよう》が来《く》るのを待《ま》ったほうがいいかもしれないな。

不思議《ふしぎ》なことに、放送室《ほうそうしつ》のドアを開《あ》けたままだと、校内放送《こうないほうそう》が流《なが》れない。

不気味《ぶきみ》な唸《うな》り声《ごえ》のようなものは聞《き》こえるけれど、私《わたし》たちを驚《おどろ》かすようなあの鬱陶《うっとう》しい声《こえ》は聞《き》こえないので、少《すこ》し安心《あんしん》出来《でき》た。

十分《じっぷん》……二十分《にじっぷん》。

いや、多分実際《たぶんじっさい》は五分《ごふん》ほどしか経《た》っていないだろうけど、音《おと》を出《だ》さずにドアを身体《からだ》で止《と》めて待《ま》ち続《つづ》けるのは精神的《せいしんてき》に来《く》る。

いつまでこうしていなければならないんだと、終《お》わりが見《み》えなくて投《な》げ出《だ》したくなる。

そもそもが、どうしてこんなことになったんだろう。

どれだけの時間《じかん》が経《た》ったのかはわからないけど、今《いま》ごろは晩御飯《ばんごはん》を食《た》べてお風呂《ふろ》に入《はい》って、もうそろそろ寝《ね》る時間《じかん》になっているかもしれない。

そう考《かんが》えると、無性《むしょう》に腹《はら》が立《た》って、声《こえ》を上《あ》げて泣《な》きたくなってしまう。

だけど、そんなことをしたらみんなに迷惑《めいわく》がかかってしまうし、死《し》ねば死《し》ぬほど悪魔《あくま》に変化《へんか》してしまうから。

考《かんが》える時間《じかん》が長《なが》ければ長《なが》いほど、なぜこうなったんだと悪《わる》いほうに考《かんが》えてしまう。

運動《うんどう》が出来《でき》るわけでもないし、頭《あたま》がいいわけでもない。

私《わたし》は……みんなと比《くら》べて何《なに》も出来《でき》ないんだと痛感《つうかん》する。

そんな風《ふう》に考《かんが》えていると、太陽《たいよう》が静《しず》かにやって来《き》た。

私《わたし》を助《たす》けるために犠牲《ぎせい》になったのに、悪《わる》いと言《い》わんばかりに頭《あたま》を掻《か》く素振《そぶ》りを見《み》せて、ウインクをする。

三人《さんにん》が放送室《ほうそうしつ》に入《はい》って、私《わたし》はどうするべきか。

音《おと》を立《た》てることを覚悟《かくご》の上《うえ》で、中《なか》に入《はい》ってドアを閉《し》めたほうがいいだろうか。

なんて、考《かんが》えるまでもない。

三人《さんにん》は「早《はや》く」と言《い》わんばかりに手招《てまね》きをしているし、いつまでもこうしてられないから。

結局《けっきょく》ドアから離《はな》れれば音《おと》が出《で》る。

だったらと、私《わたし》は放送室《ほうそうしつ》の中《なか》を見《み》て、勢《いきお》いよく室内《しつない》に飛《と》び込《こ》んだ。

飛《と》び込《こ》んだ先《さき》でみんなに支《ささ》えられ、背後《はいご》でドアがバタンと閉《し》まった瞬間《しゅんかん》、廊下《ろうか》でドタドタと派手《はで》な音《おと》が聞《き》こえた。

「あで？　ここで音《おと》が聞《き》こえたんだけど……おか……な……」

不思議《ふしぎ》なことに、山田《やまだ》の声《こえ》が徐々《じょじょ》に小《ちい》さくなっていく。

それと同時《どうじ》に、放送室《ほうそうしつ》の中《なか》が明《あき》らかに別《べつ》の雰囲気《ふんいき》へと変《か》わるのがわかる。

「……やはり。気《き》にはなっていましたが、僕《ぼく》たちが条件《じょうけん》をクリアしてから所定《しょてい》の部屋《へや》に入《はい》ると、別《べつ》の空間《くうかん》に移動《いどう》するようですね」

外《そと》に山田《やまだ》がいるというのに、昴《すばる》がそう言《い》うので、太陽《たいよう》が慌《あわ》てて口《くち》を塞《ふさ》いだ。

（バカ！　廊下《ろうか》に山田《やまだ》がいるだろ！　何普通《なにふつう》に話《はな》してるんだよ！　また食《く》われるぞ！）

慌《あわ》てる太陽《たいよう》の手《て》を払《はら》い除《の》け、首《くび》を横《よこ》に振《ふ》った昴《すばる》は、隣《となり》の部屋《へや》の中《なか》を見《み》ることが出来《でき》る窓《まど》を指差《ゆびさ》して口《くち》を開《ひら》いた。

「見《み》てください。字《じ》が現《あらわ》れました。僕《ぼく》は考《かんが》えていたんですよ。三階《さんかい》から二階《にかい》に移動《いどう》するとき、日本人形《にほんにんぎょう》はなかった。二階《にかい》から一階《いっかい》に移動《いどう》するときも、笑《わら》う女《おんな》を閉《と》じ込《こ》めた図画工作《ずがこうさく》室《しつ》のガラスは割《わ》れていませんでした。つまり、同《おな》じように見《み》えて別《べつ》の空間《くうかん》に移動《いどう》している……ということではないかと思《おも》います」

私《わたし》は難《むずか》しいことは全然《ぜんぜん》わからない。

でも、これだけ話《はな》しても山田《やまだ》が入《はい》ってこないということは、昴《すばる》が言《い》う通《とお》りなのだろう。

私《わたし》にはわからないけど。

『黒板《こくばん》の謎《なぞ》を解《と》いて、来《き》たるときにその場所《ばしょ》を選《えら》べ』

窓《まど》に書《か》かれたその文字《もじ》を読《よ》んでいると、ガラスで隔《へだ》てられた奥《おく》の部屋《へや》。

そこに、さっきまではなかった大量《たいりょう》の死体《したい》が置《お》かれていたのだ。

それも、ただの死体《したい》ではない。

まるで鋭利《えいり》な刃物《はもの》で切断《せつだん》されたような、今《いま》までとは違《ちが》う死体《したい》。

「こ、今度《こんど》はどうやって殺《ころ》されるんだろうね。私《わたし》たちはともかく、もう太陽《たいよう》くんはいっぱい殺《ころ》されてるもんね……」

冬菜《ふゆな》がチラリと太陽《たいよう》を見《み》るが、当《とう》の本人《ほんにん》はあまり気《き》にしていない様子《ようす》。

「ここまで来《き》たんだ。あと少《すこ》しできっと元《もと》の世界《せかい》に戻《もど》れるぜ。『呪《のろ》いの大鏡《おおかがみ》』を見《み》つけて、元《もと》の世界《せかい》に戻《もど》ったら、俺《おれ》と入《い》れ替《か》わってる悪魔《あくま》の野郎《やろう》をぶん殴《なぐ》ってやるんだ」

「ええ、そうですね太陽《たいよう》くん。あとは体育館《たいいくかん》と職員室《しょくいんしつ》がある建物《たてもの》。半分《はんぶん》もありませんから。四人《よにん》で力《ちから》を合《あ》わせれば、必《かなら》ず元《もと》の世界《せかい》に戻《もど》れます」

男子《だんし》二人《ふたり》は前向《まえむ》きになっているようだけど、そういえば校内放送《こうないほうそう》を流《なが》していた人《ひと》は誰《だれ》だったのかな。

ここにいないということは、もういないということなんだろうけど。

「みんなで、一緒《いっしょ》に帰《かえ》ろうね。私《わたし》も頑張《がんば》るから。春香《はるか》ちゃんは無理《むり》しないでね？」

「む、無理《むり》なんてしてないし。でも、『春夏秋冬班《しゅんかしゅうとうはん》』ならきっと大丈夫《だいじょうぶ》。戻《もど》ろう。元《もと》の世《せ》界《かい》に」

強《つよ》く、意志《いし》を示《しめ》した私《わたし》たちは、さらなる恐怖《きょうふ》が待《ま》ち構《かま》える校舎《こうしゃ》へと足《あし》を踏《ふ》み入《い》れるのだった。

二巻《にかん》へ続《つづ》く

アルファポリスきずな文庫

ふしぎな鍵《かぎ》に導《みちび》かれて
タイムスリップ!?

からくり夢《ゆめ》時《ど》計《けい》　上・下

作：川口雅幸《かわぐちまさゆき》　絵：海《うみ》ばたり

偶然拾《ぐうぜんひろ》ったふしぎな鍵《かぎ》によってタイムスリップしていた小《しょう》6の聖時《せいじ》。真面目《まじめ》なお兄《にい》ちゃんはやんちゃな少年《しょうねん》で、生《う》まれる前《まえ》に亡《な》くなったお母《かあ》さんは優《やさ》しかった。ずっとここにいたいのに、あと3日《か》で帰《かえ》らないといけなくて……家族《かぞく》の絆《きずな》を描《えが》いた冬《ふゆ》の名作《めいさく》ファンタジー！

アルファポリスきずな文庫

怖《こわ》～い『あやかし』退治《たいじ》は陰陽師《おんみょうじ》におまかせ！

転校生《てんこうせい》はおんみょうじ！

作：咲間咲良《さくまさくら》　絵：riri《りり》

鬼《おに》が見《み》えてしまう小学生《しょうがくせい》・花菜《はな》はある日《ひ》、鬼《おに》に襲《おそ》われていたところを謎《なぞ》の美少年《びしょうねん》・アキトに助《たす》けられる。自分《じぶん》を『おんみょうじ』だというアキトは、花菜《はな》のクラスにやってきた転校生《てんこうせい》だった！　第《だい》15回《かい》絵《え》本《ほん》・児童書大賞《じどうしょたいしょう》　サバイバル・ホラー児童書賞受賞作《じどうしょしょうじゅしょうさく》！

アルファポリスきずな文庫

うまくいかない人生《じんせい》を異世界《いせかい》でやりなおし！

リセット1〜6

作：如月《きさらぎ》ゆすら　絵：市井《いちい》あさ

不運続《ふうんつづ》きながらも、前向《まえむ》きに生《い》きてきた女子高生《じょしこうせい》・千幸《ちゆき》。頑張《がんば》ったご褒美《ほうび》として、神様《かみさま》が異世界《いせかい》に転生《てんせい》させてくれるという。転生先《てんせいさき》に選《えら》んだのは、剣《けん》と魔法《まほう》の世界《せかい》・サンクトロイメ。やさしい家族《かぞく》と仲間《なかま》、そして大《おお》いなる魔法《まほう》の力《ちから》で繰《く》り広《ひろ》げるハートフルファンタジー！

アルファポリスきずな文庫

ウェルザード／作《さく》
福井県大飯郡高浜町在住。11月2日生まれ。代表作は『カラダ探し』（スターツ出版）。生まれ育った町で、作家活動以外にも創作活動を行っている。

ぴろ瀬《せ》／絵《え》
イラストレーター。かわいいものが好き。暗闇はちょっと苦手。

怪奇学園《かいきがくえん》①
四季小学校《しきしょうがっこう》と呪《のろ》いの大鏡《おおかがみ》

作《さく》　ウェルザード
絵《え》　ぴろ瀬《せ》

2025年1月15日初版発行

編集	吉本花音・境田 陽・森 順子
編集長	倉持真理
発行者	梶本雄介
発行所	株式会社アルファポリス 〒150-6019 東京都渋谷区恵比寿4-20-3 恵比寿ガーデンプレイスタワー 19F TEL 03-6277-1601（営業）03-6277-1602（編集） URL https://www.alphapolis.co.jp/
発売元	株式会社星雲社（共同出版社・流通責任出版社） 〒112-0005 東京都文京区水道1-3-30 TEL 03-3868-3275
デザイン	北國ヤヨイ（ucai） （レーベルフォーマットデザイン—アチワデザイン室）
印刷	中央精版印刷株式会社

価格はカバーに表示しています。
落丁乱丁の場合はアルファポリスまでご連絡ください。送料は小社負担でお取り替えします。

ISBN978-4-434-35128-0 C8293

ファンレターのあて先

〒150-6019 東京都渋谷区恵比寿4-20-3 恵比寿ガーデンプレイスタワー 19F
(株)アルファポリス　書籍編集部気付

ウェルザード先生
いただいたお便りは編集部から先生におわたしいたします。